Ee. 65.

ea dono authoris

+99?

+A -2.

14481

L'ESPION

DU

GRAND-SEIGNEUR,

ET

SES RELATIONS SECRETES,

ENVOYE'ES

AU DIVAN

DE CONSTANTINOPLE,

DE'COUVERTES A PARIS

PENDANT LE REGNE

DE LOUIS LE GRAND.

Traduites de l'Arabe en Italien
Par le Sieur JEAN-PAUL MARANA,

Et de l'Italien en François.

Ces Relations contiennent les Evenemens les plus
considerables de la Chrestienté & de France,
depuis l'année 1638. jusques en l'année 168.

TOME SECOND.

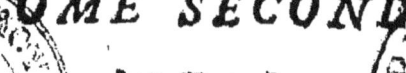

A PARIS,

Chez CLAUDE BARBIN, au Palais
sur le second Perron de la sainte Chapelle.

M. DC. LXXXVI.

AVEC PRIVILEGE DV ROY.

AU ROY.

IRE,

J'eûs l'honneur de
presenter à VOSTRE

EPISTRE.

MAJESTÉ *il y a déja quelque temps le second Tome de l'Espion Turc en manuscrit, & je prens aujourd'huy la liberté d'en apporter l'Impression à ses pieds : avec celle du Troisiéme. Ce n'est point par ma faute que ces deux Volumes ont esté si long-temps à estre donnez au Public, qui me le pardonnera sans doute bien-tost, quand je luy donnerai l'Histoire entiere du regne de V. M. le*

EPISTRE.

plus glorieux qu'ait jamais eu la France, qui a esté gouvernée par tant de grands Rois.

Si V. M. veut bien recevoir avec sa bonté ordinaire la continuation de cet Ouvrage, que le zele & l'admiration que j'ai pour son Auguste Personne m'a fait entreprendre, je serai assuré contre tous les desseins que pourroient former contre moy les plus puissans ennemis que la haine & l'envie

EPISTRE.

me puissent susciter, &
les armes leur tomberont
des mains, quand ils
verront que j'ay trouvé
mon asyle auprés du
plus juste, du plus puis-
sant, & du plus redou-
table Monarque de l'U-
nivers.

 La Protection que V.
M. voudra bien donner
à un homme qui s'est
entiérement devoüé à el-
le, sera encore un effet
digne de la clemence du
plus grand Prince du
monde. Vous avez

EPISTRE.

fait éprouver cette cle-
mence plus qu'humaine
aux Nations les plus
Barbares qui viennent
de tous costez pour rem-
plir leurs yeux de la
Majesté qui vous envi-
ronne, & pour faire un
aveu public qu'une vie
toute pleine d'actions extraordinaires comme la
vostre, est fort au dessus
des avantures fabuleu-
ses de leurs Heros mê-
mes, & qu'ils ne peuvent
rien imaginer qui vous
puisse estre comparable.

Contraste insuffisant

NF Z 43-120-14

EPISTRE.

Ie suis avec un tres-profond respect,

SIRE,

DE VOSTRE MAJESTE'

Le tres-humble, tres-obeïs-
sant & tres-fidele serviteur
JEAN-PAUL MARANA.

AU LECTEUR.

AU LECTEUR.

J'AI peu de choſes à te dire, parce que je t'ai ſuffiſamment entretenu dans mon premier Volume. Ne m'accuſe point du retardement de cet Ouvrage, il y a long-temps que tu aurois eu ce que je te donne preſentement, ſi une meilleure fortune m'avoit d'abord fait tomber entre les mains de l'illuſtre M. Charpentier

AVIS

de l'Academie Françoise, qui m'a reçu avec bonté, & en homme que son merite dans les Lettres met au dessus de l'envie pour les autres, & luy fait recevoir en Pere les gens qui souhaittent de se donner aux Muses. Ce fameux Academicien non seulement ne m'a point laissé exposé aux longueurs, qui m'ont forcé si long temps à te manquer de parole, mais il m'a donné des conseils, & des instructions qui feront que ce que tu rece-

AU LECTEUR.

vras de moy deformais
fera plus correct & plus
agreable.

Cependant je te prie
d'excufer les fautes d'un
Etranger, qui ne peut s'accommoder d'abord au
gouft François, quoy-qu'il
le defire extremement,
& qu'il foit de ta mefme
Nation dans le cœur. Par-
donne les fautes d'Im-
preffion s'il y en a quel-
ques-unes. Pour le Tradu-
cteur il te prie d'avoir
quelque indulgence, pour
luy. Quand nous en fe-
rons à l'Hiftoire de Loüis

AVIS

LE GRAND, il espere que tu seras plus satisfait de son style. Au reste la matiere des Lettres de Mahmut devant estre beaucoup plus riche dans la suite, je croy te pouvoir assurer que les Tomes suivans te donneront quelque plaisir, & tant d'évenemens miraculeux dont la vie du Roy est remplie t'occuperont sans doute agreablement, & l'emporteront sur la bizarrerie des expressions orientales, dont nostre Arabe s'est servi pour les raconter.

TABLE
DES LETTRES
ET DES MATIERES
contenuës en cette
seconde Partie.

TABLE

TABLE

TABLE.

D'un

TABLE.

é

TABLE.

TABLE.

é ij

TABLE.

TABLE.

TABLE.

TABLE

LETTRE LXVIII.

Au Kaimacam.

Fin de la Table.

Extrait du Privilege du Roy.

PAR Grace & Privilege du Roy,
donné à Verfailles le 19. jour de
Novembre l'an de Grace mil fix cens quatre-vingt trois, figné par le Roy en fon
Confeil D'ALENCE'. Il eft permis au
fieur JEAN-PAUL MARANA, de
faire imprimer un Livre intitulé L'ES-
PION TVRC, en deux Langues, Ita-
lienne & Françoife, traduit de l'Arabe,

pendant le temps de fix années confecuti-
ves, à compter du jour qu'il aura efté
achevé d'imprimer pour la premiere fois;
& défenfes font faites à tous Imprimeurs,
Libraires, & autres, d'imprimer, vendre
& debiter ledit Livre, fous quelque pretexte que ce foit, fans le confentement du-
dit fieur M A R A N A, fur peine d'amen-
de arbitraire, confifcation des Exemplaires contrefaits, & de tous dépens dommâ-
ges & interefts, comme il eft plus ample-
ment porté par lefdites Lettres de Privilege.

Et ledit fieur M A R A N A a cedé &
tranfporté fon Privilege à CLAUDE BAR-
BIN Marchand Libraire, pour en joüir
fuivant l'accord fait entre eux.

*Regiftré fur le Livre de la Communauté
des Marchands Libraires & Imprimeurs de
Paris, le 29. Novembre 1685.*
Signé C. A N G O T , Syndic.

Achevé d'imprimer pour la premiere fois,
le quatorze Aouft 1686.

L'ESPION

LETTRE XXXI.

AU

CAPITAN MUSTAFA *Baſſá*

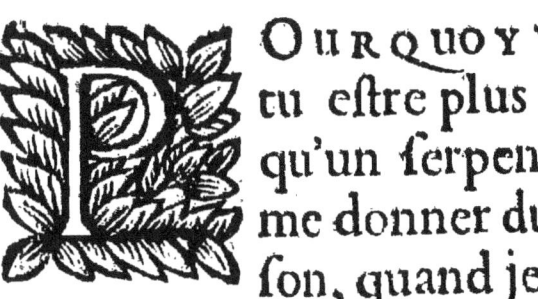

POURQUOY veux-tu eſtre plus cruel qu'un ſerpent, & me donner du poi-ſon, quand je t'en-voye de ſi bons antidotes, pour te garantir des maux dont tu pourrois eſtre acca-

II. Partie. A

blé ? Si tu n'es pas persuadé
de mon amitié, sois-le au
moins de la sincerité avec laquelle je t'ay donné mes avis.
Ton procedé, je te l'avoüe,
me fait repentir de n'avoir pas
pris un autre party; j'aurois,
selon toutes les apparences,
coupé le cours aux mauvaises
pratiques que tu entretiens.
Si j'avois fait sçavoir au Grand
Vizir ce que je t'écrivis de
Vienne, on m'auroit sçû bon
gré du soin que j'aurois eu
de donner de bons avis, & ton
châtiment auroit esté d'un
grand exemple; mais je t'avertis à present que je seray obligé de t'accuser de trahison en
cas que tu continuës ton commerce avec le Secretaire de
l'Empereur d'Allemagne.

Quelle interpretation veux-tu que je donne à la liaison que tu conserve avec ce Ministre , quand je découvre qu'il t'envoye continuellement des presens , & qu'il reçoit souvent des tiens? Sois persuadé , toutes les fois que tu parois favorable aux Chrêtiens , que les plaisirs que tu leur fais , te rendent criminel auprés des Muzulmans. Car enfin , que veulent dire ces chevaux de Perse , ces Esclaves Hongrois que tu as renvoyez , & cette quantité de Vestes magnifiques dont tu as fait present à ton amy ? Que veux-tu qu'on pense de cet Hercule d'argent , & de cet Orloge enrichy de pierreries , qu'un Fidelle reçoit d'un

ennemy de noftre fainte Loy?
Il ne te fert de rien de répon-
dre à mes Lettres avec colere & de me faire paroiftre du
chagrin ; tes raifons font inu-
tiles pour moy ; va au tribunal où ces fortes de queftions
doivent eftre decidées, le Juge te dira fi un pareil commerce peut eftre permis même dans les temps de paix,
Tu exaggeres beaucoup les
obligations que tu as à ton
amy de Vienne, parce qu'il
t'a bien traité, quand tu eftois
fon prifonnier de guerre ; A
cela il eft aifé de te répon-
dre, que s'il a bien fait fon
devoir en vray Chevalier, tu
dois l'imiter comme un bon
Mahometan ; & il ne t'eft pas
permis de faire autrement. S'il

arrive qu'il devienne ton prifonnier, prens alors ta revan-
che, & fais ton devoir pour
t'acquitter de tes obligations.

Dis moy encor, fi l'on découvre que cet amy t'a fait
prefent de ce chiffre fameux,
compofé avec tant d'art qu'il
paroift un chef-d'œuvre de
l'efprit humain, quelle opinion les Turcs pourront-ils
avoir de ta fidelité? On fçait
avec quelle application tu
t'en fers pour écrire en Allemagne, & pour en déchif-
frer les réponfes que tu reçois. Ces indices ne font-ils
pas fuffifans pour faire voir
que les dépefches que tu écris,
& les réponfes, font comme
le Cheval de Troye, qu'elles
A iij

cachent des myfteres crimi-
nels & dangereux. Sois perfuadé que fur de fimples
foupçons je ne t'aurois pas
écrit d'Allemagne la Lettre
dont tu parois fi offenfé , &
quand j'étois à Vienne; on ne
parloit de rien tant que de ce
chiffre. Le Secretaire ton amy
dit un jour qu'il faloit eftre un
Ange ou un Diable pour en
découvrir l'artifice , & que
tous les gens de cabinet de
l'Europe qui s'appliquent à
ces fortes de chofes, y avoient
échoüé ; qu'un Italien qui
avoit efté condamné à une
prifon perpetuelle, avoit tra-
vaillé vingt ans à le rendre
plus parfait , & qu'il n'avoit
jamais pû trouver perfonne
qui pût déchiffrer fes Lettres

avec la clef mefme qu'il leur donnoit. On dit que cette invention fi finguliere eft toute nouvelle, & d'autant plus admirable qu'une Lettre d'un ftile ordinaire, d'affaires domeftiques, d'amour, & de complimens, peut envelopper les fecrets de la plus grande importance, fans fe fervir d'équivoques, de caracteres particuliers, de nombres, de noms fuppofez, d'ieroglifes, de fucs d'herbes, ou de liqueurs, & il eft impoffible de jamais découvrir ce qu'on a deffein de cacher. Il ajoûte qu'on peut écrire en Turc, en Arabe, en François, en Italien, & cacher un fecret écrit en quelque Langue que ce foit. Ton amy pouffe la chofe

encore plus loin , & il aſſure
qu'il ſe ſerviroit de vers pour
chiffrer de la proſe ; & ce temeraire ſoûtint un jour dans
l'anti-chambre de l'Empereur
ſon Maiſtre , qu'il mettroit en
François cet horrible blaſphê-
me *Le tiran Amurat mourra
bientoſt*, qui ſe trouve dans les
Vers ſuivans d'un Poëte Italien, & il en fit l'épreuve ſur
le champ. Et voicy les Vers
Italiens.

*Giace l'Alta Cartago , à pena
   i Segni,
De l'Alte ſue ruine il lido ſerba ,
Muoiono le città , muoiono i
   Regni,
Cuopre i faſti, e le pompe arena
   & herba,
Et l'huom di eſſer mortal par*

TRENTE-UNIE'ME. 9

che si sdegni,
O nostra mente cupida , & su-
perba !

S'il te paroist presentement
que je sois trop irrité contre
toy , je recevray tes maledictions sans repliquer ; mais si
tu connois que j'aye eu de ju-
stes raisons de t'écrire comme
j'ay fait, pourquoy tes répon-
ses sont-elles si pleines d'injures ? Penses mieux à tes affaires , & sois toujours fidelle si
tu veux vivre long-temps.

A Paris , le 4. de la dixiéme
Lune de 1638.

LETTRE XXXII.

AU

CAPITAN
Baſſa.

E peu de ſuccez que nous avons toujours ſur la Mer, m'oblige à t'entretenir là-deſſus. Je n'en manderay rien aux autres Grands de la Porte, non pas meſme au Kaimacan, à qui il

y a déja trois ordinaires que
je n'ay écrit. Si l'on t'a rendu mes deux dernieres Lettres, tu auras dû estre satisfait
de l'application du fidelle
Mahmut à te donner les avis
que tu as receus par mes dépesches.   Fais presentement
reflexion sur les moindres
choses qu'on dit icy des avantures de la Mer, & des actions
qui s'y font.

La perte de tant de Galeres,
de grands Vaisseaux, & d'autres bâtimens qu'ont faite cette année les amis de l'Empire,
les veritables creans, obscur-
cit fort la reputation de la
grandeur Ottomane.

Autant de discours que tiennent les Chrestiens là-dessus,
font autant d'invectives con-

tre l'honneur d'Amurat, contre le tien, & celuy de noſtre
Nation. Si c'eſt par un coup du
Ciel que les Pirates de Venitiens ont pris cette année
toutes les Galeres d'Affrique;
il faut ſans doute que Dieu
n'écoute plus nos prieres.
Pour moi je le croi de la ſorte;
mais je ne ſerois pas bon Muzulman, ſi je cherchois les raiſons, ou ſi j'en voulois rendre
quelqu'une des peines que meritent les mauvais Mahomet-
tans, ou de la recompenſe que
les bons doivent attendre.

On écrit de Marſeille que
les peuples de Tunis, de Bizer-
te, & d'Alger ſont fort con-
ſternez de la perte qu'ils ont
faite des quinze Galeres que
Capello General de l'armée

de Mer des Venitieus leur a
pris cette année. Tu fçais comme la chofe eft arrivée, l'in-
fraction du Traité de Paix eft
connuë à tout le monde ; &
l'infulte qu'on a fait à la for-
tereffe du Grand - Seigneur,
n'eft pas douteufe.   Je ne puis
m'imaginer   quelle   excufe
pourront alleguer les Satrapes
de cette Republique, pour fe
difculper de ce que leur Amiral a fait méchamment contre
nous, quand ils feront obligez
de rendre compte de leurs
actions aux pieds d'Amurat. Je
te parle avec toute l'humilité poffible, & tu ne dois pas
douter que je ne te parle avec
zele. Je croy qu'il eft à propos
que tu t'oppofes, & que tu ar-
reftes inceffamment, non pas

seulement les pirateries de ces
gens-là, mais les courses & les
entreprises continuelles des
Corsaires de Malte, & de tant
de Vaisseaux qui infectent
nos Mers sous la banniere du
Duc de Toscane, & d'autres
Princes infideles. S'il faut secourir les Nations amies &
tributaires de la Porte, que
tu as mesme appellées à ton
secours, tu ne manqueras pas
de moyens pour y réussir : tu
as en main les forces redoutables que l'invincible Amurat t'a confiées, & avec cela le
courage magnanime que la
nature t'a donné.

Les Chrestiens ont fait ser-
ment de penetrer cette année
jusques dans le Bosphore, &
de mettre le feu par tout. Plus

de foixante Chevaliers François font refolus d'aller â
Malte fe joindre à leurs ca-
marades, pour courir nos Mers
avec eux. Tu fçais la terreur
que porre par tout cette mi-
lice, que les infidelles appellent facrée ; & tu connois l'ar-
deur & la bravoure des François par les progrés qu'ils font
tous les jours.

Croy ce que t'écrit Mahmut.
Tu as deux Mers à garder ; &
s'il eft vray que tu ayes fait
venir d'Afrique Ali Piccinino,
avec tant de Galeres qui
eftoient deftinées à la garde
des coftes de Barbarie, on ne
doit pas douter que la divine
Providence n'ordonne , &
qu'il ne foit de la gloire d'A-
murat , que les coupables

foient pourfuivis , & qu'il n'en
échape aucun à fa vangeance.

Il n'y a pas jufqu'aux petits
enfans de Paris qui n'ont aucun intereft avec nous , ny
avec les Venitiens , qui ne difent que Piccinino a perdu fon
armée , parce qu'il n'eftoit pas
homme qui la fçût comman-
der : mais ces difcours ne fervent à rien. Cependant tout
le monde fe réjoüit icy de nos
pertes , penfe ce qu'on fera en
Italie , où on a fenty l'utilité
d'une prife fi confiderable au
même temps qu'on y a eu l'hô-
neur de la victoire , & où l'on
nous haït encore plus qu'en
aucun autre lieu. Qu'il plaife à
noftre grand Dieu de châtier
bientoft ces gés-là par ta main,
& de faire que le tranchant
de ton

de ton cimeterre, en donnant
la mort à nos ennemis, faſſe
mourir & les médiſans & la
médiſance.

Il y a icy un homme fort
impudent qui aſſure qu'il t'a
vû pluſieurs fois à Conſtantinople. Il dit publiquement
que les Corſaires Chreſtiens
t'ameneront un jour chargé de
chaînes dans l'Arſenal de Veniſe, ou dans celuy de Malte.
Il fonde ſa prediction ſur ce
que tu es, dit-il, furieux quand
tu commandes, & que pour
eſtre trop audacieux, tu ne
ſçais pas obeïr aux ordres que
tu reçois. Il ajoûte que le
tabac, l'amour des garçons,
le vin & les débauches des
femmes, te mettent deux fois
le jour hors d'eſtat d'écouter

II. Partie.   B

la raifon. Il dit encore que tu
n'as pas tout le courage poffible quand tu combats à terre,
& que tu ne connois parfaitement de la Mer que fes bo-
naces, les côtes où il n'y a
point d'ennemis à craindre, &
les bons fruits qu'on y trouve.
Je ne t'écrirois pas ces folies,
fi je n'eftois perfuadé que ce
font veritablement des folies ;
& fi je ne fçavois que tu
as beaucoup de valeur, que
tu en as donné des marques
éclatantes, & fi je n'eftois
fort informé de l'experience
que tu as au métier de la Mer.
Je fuis outre cela fort perfuadé de la malignité de tes ac-
cufateurs fur les débauches
dont je viens de te parler ; &
d'ailleurs il me paroift plus à

propos de t'écrire cecy , qui te
peut eftre utile, que de le mander au grand Vizir , puifqu'on
m'a ordonné d'informer les
Miniftres de la Porte de tout
ce que je puis ap prendre fans
aucune referve.

On dit , pour ce qui regarde la Republique de Venife ,
& le Capello qui commande
fes Armées de mer , que ce
General ferà puny pour avoir
trop bien fait. Que ce puiffant
Eftat fera humilié jufqu'à baifer l'eftrier du cheval de noftre Empereur : Mais qu'il
foûtiendra que la prife que
vient de faire ce General , a
efté faite dans les formes , &
que ce n'a point efté une con-
travention aux Traitez faits
avec la fublime Porte , d'où

partent les ordres par lesquels
le Monde doit estre gouverné : & qu'enfin les Pirates
d'Afrique ne font point com-
pris dans les Traitez de Paix
qu'il a faits avec fa Hauteffe.
Et on dit encore que quãd cette Republique fera obligée à
rendre les Galeres qu'elle a prifes , on trouvera qu'elles auront efté perduës par differens accidens.

Toute la Chrêtienté eft per-
fuadée, qu'il n'y a point de
Republique au monde qui
fe gouverne avec plus de prudence , & qui fçache mieux
l'art de regner, ce qui luy fera
fuïr toutes les occafions d'a-
voir des démeflez avec les
Mahometans , & luy fera trouver les moyens d'éviter la co-

lere d'Amurat, & une guerre
cruelle qui la pourroit faire
fuccomber.

Je mè fuis trouvé dans une
compagnie de gens fages, qui
blâment la conduite d'Ali Piccinino, & attribuent tout le
mal qui luy eft arrivé, à fon
ignorance, & à fa temerité.
Ils foûtiennent que s'il avoit
eu le courage d'un veritable
homme de guerre, il fe feroit
gouverné non feulement dans
l'Archipelague, mais encore
dans la mer Adriatique en
Capitaine & non pas en voleur, & que Dieu luy a donné
une fi terrible mortification
pour punir la cruauté avec laquelle il a traité tant de Vefta-
les innocentes qu'il a faites
efclaves dans la Calabre, avec

une grande multitude de vieillards & de petits enfans, qui
feroit une entreprife d'une
femme irritée, & non pas
d'un vaillant homme. Voila
les difcours que fait faire la
haine qu'on porte à noftre Nation, & qu'on a en particulier
pour Ali.

Que le grand Dieu, fouve-
rain moderateur de toutes
chofes, te conferve un parfait jugement, qu'il faffe é-
clater ta valeur, & qu'il luy
plaife de faire publier ta gloire dans tous les lieux qui font
éclairez du Soleil.

*A Paris le 6. de l'onziéme Lu-
ne de 1638.*

LETTRE XXXIII.

AU MESME.

JE t'écrivis hier ce qu'on dit dans le monde de toy, & je t'écris aujourd'huy les sentimens que j'en ay.

Quoy que tu ne me demandes pas de conseil, je veux te donner un avis que tu approuveras peut-estre, & dont tu pourras te servir dans son temps. Veux-tu te vanger des Venitiens, & de tous les Chrestiens à la fois, passe dans la mer Adriatique avec

vingt Galiotes seulement ,
approche-toy de nuit du riva-
ge d'Ancone , & devant que
le Soleil soit levé , saccage la
fameuse place de Lorette ; tu
pourras emporter avec toy le
butin le plus grand qu'ayent
jamais pû faire les Consuls &
les Empereurs Romains.

Si tu pouvois comprendre
les richesses immenses qui sont
enfermées dans une petite
chambre où les Nazaréens
soûtiennent qu'une Vierge
reçeut l'Ambassadeur du Ciel
sous la forme d'un Ange,
aprés les paroles de qui elle se
trouva avoir conçeu le Messie,
que les Chrestiens adorent , tu
ne differerois pas à executer
ce que Mahmut te conseille
aujourd'huy.

On

On a publié dans ce Royaume que Piccinino avoit ce deffein. Hé pourquoy ce brava-
che n'a-t'il pas fçu executer ce
qu'il avoit fi bien penfé ?
Quand il eftoit en Afrique, il
devoit faccager toute l'Italie,
& dés qu'il a efté en Italie,
il a perdu la bravoure d'un
Afriquain. Il s'eft laiffé
prendre prifonnier, il a laiffé
perdre une Flotte puiffante,
& la honte de fa deffaite
ternira pour jamais fon nom.
Si Amurat revient vainqueur
de Babylone, ce qui arrivera
felon toutes les apparences,
& que tu prennes Lorette,
on pourra dire que l'Empire
Ottoman fera parvenu au plus
grand point de grandeur où
il puiffe atteindre, Lorete

II. Partie.   C

eſtant comme la Mecque des Chreſtiens.

Il n'y a point de ſaiſon où l'on n'y voye arriver une infinité de Pelerins de tous côtez qui viennent y faire leurs Devotions, avec la meſme ferveur que les fidelles vont prier auprés du tombeau de noſtre Saint Prophete, & ils joignent ſouvent à leurs prieres des dons precieux. Un petit nombre de Preſtres de l'Egliſe Romaine y gardent des threſors qu'on ne peut aſſez priſer, des Vaſes d'or & d'argent d'une richeſſe ineſtimable, des ornemens, où les pierreries ſont prodiguées qui ſervent à parer ce Temple le plus magnifique, & le plus celebre qui ſoit

chez les Chrestiens, une infinité de Lampes, des Cou-
ronnes & des Sceptres offerts
par les plus grandes Princes
de la créance de JESUS, &
enfin tout ce qu'on peut imaginer de plus beau, de plus
grand, & de plus riche. Toy
qui ne connois point la peur,
tu ne peux rien prévoir dans
une telle entreprise qui te
doive donner aucune crainte. Les Prestres de ce Temple fameux dorment tran-
quillement toute la nuit, &
passent le jour à chanter les
loüanges de leur Dieu,
& les Soldats qui sont desti-
nez à la garde de cette place sont en petit nombre, &
ne pourront resister.

Si tu es persuadé de ce

que je t'écris, fais mieux
que Cefar : Vas, fois vainqueur, & puis te repofe. Il ne
me refte rien de plus à t'écrire,
j'envoye au Kaimakam une
coppie de cette Lettre cy.
Je t'ay écrit tout ce qui eft
venu en ma connoiffance, &
fi tu veux encore fçavoir
ce que Mahmut fous l'ha-
bit de Titus a dit à Paris,
je veux bien t'en informer.
J'ay répondu à quelques gens
qui ont eû l'effronterie de
dire, que l'Empire Otto-
man fera bien-toft ruiné s'il
reçoit encore un pareil échec
que fi les bois ne manquent
point dans l'Afie, les Ma-
homettans ne manqueront
ni de Navires, ni de Galeres, & qu'ils auront autant

de Matelots & de Soldats
qu'ils voudront s'il n'arrive
que les femmes viennent fte-
riles tout d'un coup. Tu fçais
qu'aprés la bataille de Le-
pante où le grand Dieu , &
fon Prophete voulurent mor-
tifier les Fidelles , que le fa-
vori de Selim foûtint la gloire de fon Maiftre en parlant
ainfi au Baile de Venife. Il
y a cette difference entre les
pertes que fait ta Republique , & les malheurs qui ar-
rivent aux Mufulmans, que
lorfque nous vous avons pris
le Royaume de Cypre , nous
vous avons coupé un bras ,
& lorfque vous nous avez défaits dans une bataille , c'eft
comme fi vous nous aviez
coupé la barbe , qui rede-

viendra bien-toſt dans ſon
premier eſtat, & ſi les femmes & les Arbres ne man-
quent point nous aurons toûjours des Navires & des hommes, mais voſtre bras coupé
ne reviendra point.

Que l'Eternel, ſans qui rien
ne peut ſubſiſter, rende la
Mer toûjours navigable, &
ſans tempeſtes, que les Alcions
y reignent toûjours, que
les Vents y favoriſent tes deſſeins, & quand tu auras achevé tout ce que tu dois faire
pour la gloire de l'Empire,
& la tienne, je prie le Ciel
qu'il te rende poſſeſſeur des
terres des Infidelles que tu
auras ſubjuguez.

*A Paris le ſeptiéme de l'on-
ziéme Lune de 1638.*

LETTRE XXXIV.

AU KAIMAKAM.

L arrivera peut-eſtre
que tu recevras de
l'ennuy de cette
Lettre, où tu trou-
veras un mélange de bon-
nes & de mauvaiſes cho-
ſes ; mais tu n'auras pas ſujet de te plaindre de moy,
& tout ce que j'écriray ſera
mis dans un tel ordre, que
ſi les premieres nouvelles,
te font quelque peine les der-

nieres te pourront eftre a-
greables. Tu n'as receu aucune de mes Lettres dans les
derniers Pacquets que j'ay
envoyez , & j'ay trouvé plus
à propos de te faire fçavoir
tout d'un coup, bien qu'un
peu, plus tard ce que je n'aurois pû t'écrire qu'à trois fois ;
& tu feras mieux informé
que les autres , à qui j'ay
écrit fur les premieres connoiffances que j'ay eües.
Quand on veut bien avoir
un peu de patience, le temps
fait connoiftre la verité, &
on a des confirmations des
nouvelles , qui font qu'on
eft plus affuré de donner de
bons avis.

Cependant j'efpere que tu
me pardonneras , fi je n'ay

écrit qu'à une seule personne , qui est le Capitan-Bacha , les choses desagreables que j'avois entenduës , pour n'en point faire un nouveau recit, qui ne pourroit plaire , outre qu'il est obligé , comme les autres Ministres de la Porte , de te faire part des avis qu'il reçoit de moy.

Tu connoîstras par la coppie de la Lettre que je luy écris, que ce n'est pas sans raison que je suis fâcheux, mon dessein n'est pas aussi de t'aprendre ce que tu sçais sans doute avant moy, mais seulement ce que tu pouvois ignorer, & dont il estoit à propos que tu fusses instruit.

Les Chrestiens font toûjours paroistre beaucoup de

haïne pour nous , & ils par-
lent fort mal de nos affaires.
Quoy qu'il n'y ait point de
Guerre declarée entre ces
Infidelles , & le Sultan toûjours invincible , ils ne ceffent
point d'eftre nos ennemis ,
& tu peux connoiftre par
leurs difcours qu'ils nous
dreffent continuellement de
fecretes ambufches. Tu fçais
que les hommes difcourent
d'ordinaire fur les affaires ,
& puis prennent leurs refolutions : les François doivent
eftre exceptés de cette regle
generale , & ils ont executé
leurs deffeins avant que d'en
avoir raifonné , tant leur
imagination eft vive, & tant
ils font prefts à prendre leurs
refolutions. Ils pratiquent

juftement dans les affaires
d'Eftat , ce que nous avons
accouftumé de faire dans celles de Religion , ils les deci-
dent avec l'épée. Ils foûtiennent que les Princes qui
ont de la valeur , n'ont pas
de tribunal plus jufte que la
Guerre , & que leurs Soldats
font leurs Avocats.   Songe,
fage Kaimakan , aux mefu-
res qu'on peut prendre avec
une Nation qui eft dans une
continuelle activité.Les François ne peuvent demeurer en
repos , & quand ils n'inquie-
tent pas leurs voifins ils fe
font la Guerre entre-eux.
Les Miniftres des Princes
Eftrangers qui font à peu
prés ce que je fais , quoy
qu'ils ayent un caractere que

je n'ay pas, font fans ceffe
en action, ils veillent fans
ceffe comme moy fur ce qui
fe paffe, & je te puis affurer
qu'avec l'exactitude que j'ai
à obferver ce qui fe fait, &
ce qu'on dit en cette cour,
comme auffi dans les lieux
où j'ay pû eftablir du Commerce, que le Divan fera
bien, & feurement averti.

Le Pape entretient icy
pour Ambaffadeur un Prelat
qu'on appelle un Nonce.
L'Empereur d'Allemagne, le
Roy d'Efpagne, ceux d'An-
gleterre de Suede, de Dannemark, & de Pologne, les
Electeurs, & plufieurs autres
Princes de l'Empire d'Oc-
cident, y entretiennent des
Miniftres pour obferver les

d'marches de ce Roy , qui rompt souvent toutes leurs mesures. Les puissances d'Italie en usent de mesme, & les Princes qui en partagent la domination sont plus exacts que les autres , & les moindres choses ne leur échapent pas; Il y a dans cette partie de l'Europe des Princes , & des Republiques : ces petits Souverains sont plus jaloux que les autres de leurs interests , & ils craignent davantage; ce qui fait qu'ils se concertent avec grand soin , pour s'empescher de faire de fausses démarches. Les Republiques apportent aussi plus de precaution dans leur conduite que n'en n'ont pas les Monarchies.

La Republique de Veni-
se s'est acquis une grande
reputation : la France a une
parfaite correspondance avec
elle ; son Ambassadeur y vit
avec toutes les marques de
grandeur , & les mesmes
prerogatives qu'on accorde à
ceux des testes Couronnées.
La Perse , ni la Moscovie
n'y entretiennent point de
Ministre public ; mais peut-
estre y en ont-ils de secrets,
qui observent ce qui se passe,
& en informent leurs Maî-
tres. Pour ce qui regarde les
Princes des Indes , il ne me
paroist pas qu'ils ayent icy
aucun interest , & qu'ils y
tiennent aucun Agent , ni
public , ni caché. Si le nom
d'Espion est deshonorant ou

bas , je ne voy perſonne qu'on appelle ainſi , & comme je ne ſuis point connu , ma reputation ne court aucun hazard là deſſus. Je ſers ſans qu'on m'obſerve , mais à parler ſincerement , qu'eſt-ce que ſont les Ambaſſadeurs & les Agents des Princes que des Eſpions ſecrets comme je ſuis, qui ſous pretexte d'entretenir l'amitié, & la bône intelligence entre leurs Maîtres les informent de tout ce qu'ils peuvent découvrir dans les cours où ils ſont envoyez.

Tu ſeras ſuffiſamment informé par le Bacha de la mer de l'avanture d'Ali Piccinino, ou pour mieux dire , il te fera voir ce que je luy en écris. Voila cependant ſeize

Galeres perduës , & la plus grande confolation qu'on puifſe avoir d'une telle perte eſt dans l'eſperance , qu'on a de trouver les moyens de s'en vanger. Si les Chrê-tiens nous ont oſté un doigt de la main, nous leur devons arracher les deux yeux. On a publié icy que ce General a eſté fait priſonnier par les Venitiens : ſi cela eſt vray, la priſon luy ſera plus fen-ſible , que les Affriquains n'auront de douleur , pour la perte des biens , des pa-rents, & des amis qu'ils ont faite en cette occaſion. Mais tout le monde ne demeure pas d'accord de ſa priſon , & il y en a qui ſouſtiennent qu'il eſt à Conſtantinople où

il

il parle avec fon arrogance ordinaire , & il fe décharge de tout ce qui luy eft arrivé fur le Renegat qui commandoit la Capitane d'Alger. J'ay tâché d'infinuer au Bacha de la Mer l'entreprife de Laurette ; fi tu te donnes le loifir d'examiner le projet que j'en ay fait , tu trouveras , que pour n'eftre ni Capitaine , ni Matelot , je ne laiffe pas de donner des avis qui peuvent eftre écoutez. La connoiffance que j'ay du monde, & de la maniere de vivre des Princes Chreftiens , & des Preftres de Rome , avec les lumieres que j'ay acquifes , dans la lecture des Hiftoires me doivent faire confiderer com-

II. Partie.   D

me un homme qui peut pro-
poſer quelque choſe de grand,
quoy que juſqu'icy je n'aye
pas eû l'avantage de le perſuader.

L'Ambaſſadeur de Veniſe
reſidant en cette Cour dit
que ſa Republique ſatisfera
le Grand Seigneur : il ſoû-
tient qu'Ali eſt un Pirate ;
que les Affriquains ont rompu la paix ; que l'action de
leur General Capello eſt juſte
& Heroïque , & qu'Amurat
luy-meſme chaſtiera Piccinino ; il pretend encore que
les Galeres priſes ne ſeront
point renduës,& qu'on les fera
paroiſtre perduës par differends accidens ; il me ſemble
auſſi qu'il a dit qu'elles ont
eſté coulées à fonds, devant

l'Iſle de Corfou par ordre du
Senat pour eſtre hors d'eſtat
de les rendre; excepté la Capitane d'Alger , que ces Infidelles ont amenée comme en
triomphe dans leur Arſenal,
afin de conſerver la memoire
d'un évenement,qu'ils preten-
dent leur eſtre fort glorieux :
mais ces maux ne ſeront ni
extrêmes ni irremediables ſi
noſtre grand Empereur toûjours invincible continuë à
vivre, & ſi tu as de la ſanté.

*A Paris le ſeptième de la pre-
miere de la Lune de 1638.*

Pagination incorrecte — date incorrecte

NF Z 43-120-12

LETTRE XXXV.

AU MESME.

N a enfin cessé de parler sur nos pertes, mais je ne cesse point de suggerer les moyens que je m'imagine pour causer des pertes aux Chrestiens. Ressouviens-toy que le grand Vizir retient en prison un homme capable de grandes choses dans le temps present, qui peut faire des maux considerables aux Nazaréens, &

qui peut procurer des avan-
tages considerables aux Muzulmans. Si le vieux Renegat de Dalmatie n'est point
encore mort, il est capable
de mettre le feu par toute
la mer Mediterranée, & de
ruiner entierement les lieux
qu'il attaquera. Sers toy de
son conseil pour l'entreprise
de Laurette. Il n'y a point de
Corsaire sur les Mers qui ait
fait des actions si hardies que
luy. Il a employé soixante-
ans à courir l'Archipelle &
la Mer Adriatique, où il a
fait des dégats horribles,
avec une infinité de prises.
Il a fait aussi des domma-
ges incroyables à ces perfides Cosaques sur la Mer
Noire. Il commença le mé-

tier à neuf ans qu'il fit fon
aprentiſſage dans un petit
Vaiſſeau , il a eſté bleſſé en
vingt ou vingt - deux occafions , il a eſté pris quatre
fois par nos Pirates , & trois
fois il s'eſt échapé de leurs
mains. A la quatriéme fois ne
pouvant ni s'enfuïr , ni fe
rachepter pour de l'argent,
il fe rachepta par fa Religion qu'il laiſſa pour am-
braſſer la noſtre , & depuis
qu'il a eſté circoncis , il a
porté à Conſtantinople plus
de treize mille Eſclaves dans
le cours de trente & une
années ; il a paſſé cinq ans
tous entiers dans l'ouverture
d'un rocher le long des
bords de la Mer Adriati-
que , & il s'y eſtoit fait par

son industrie un azile assuré. C'est là qu'il se cachoit
avec ses gens , & son Vais-
seau comme une beste fa-
rouche dans un antre , & il
est difficile de s'imaginer ce
qu'il a tendu de pieges pendant ce temps-là, à ceux de
sa premiere Religion. Il en
a toûjours esté poursuivi ,
mais jamais on ne l'a pû
prendre , & son nom estoit
devenu si terrible chez les
Chrestiens qu'il n'y avoit
point de lieu où il ne fust
redouté. Mais enfin ayant ,
dit-on , essayé de trahir son
Maistre en mettant entre les
mains des Chrestiens , les
cinq Galeres qu'il commandoit, il fut mis par ordre du
Grand Vizir dans le Châ-

teau des fept Tours, quoy que fon crime ne fut pas bien prouvé. Il y a plus de cinquante deux Lunes qu'il y eft retenu prifonnier, & il eft non feulement fort vieux, mais decrepit. La longue penitence d'un homme qui a fait tant de grandes actions, & fi utiles, & qui n'eft accufé que d'en avoir fait une mauvaife dont il n'eft pas convaincu, le doit faire traitter avec quelque indulgence.

Je n'entreprendray jamais de folliciter pour la liberté d'un traiftre, mais je ne puis m'empefcher de dire que les hommes qui ont ofé faire de grands crimes, font fouvent capables de faire des

des actions heroïques. Celuy-cy eſtoit, & eſt encore à
la fin de ſa vie ; peut-eſtre ſi
tu peux te reſoudre à luy procurer quelque avantage, & à
luy en faire eſperer encore un
plus grand, pourra-t-il repa-
rer ſon crime & executer quelque choſe d'utile à l'Empire,
ou tout au moins donner un
bon conſeil. Tu n'ignores pas
que les Anciens Perſans ob-
ſervoient une Loy qui deffendoit à leurs Rois de faire mourir un homme qui n'avoit
commis qu'un crime, & aux
particuliers de chaſtier leurs
Domeſtiques, ou leurs Eſclaves pour une ſeule faute. Tu
ſçais de plus que les Princes
devoient obſerver dans les
châtimens de leurs Sujets, ſi les

II. Partie.   E

fervices qu'ils avoient rendus,
n'eſtoient point plus grands
que leurs manquements ; &
ils devoient pardonner, ſi les
ſervices étoient plus impor-
tants que les fautes. Ces Loix
pour n'eſtre plus obſervées
dans la Perſe , ne laiſſent pas
d'eſtre des Loix fort ſages ;
ou ſi tu n'as pas d'égard , tu
en auras au moins au zele &
à l'affection de Mahmut ; &
ſi tu me veux permettre de
faire icy une petite digreſſion,
en comparant l'état où nous
nous trouvons , à celuy des
Anciens , tu connoiſtras de
combien noſtre Monarchie
l'emporte ſur les autres. Crois-
tu genereux Kaimakan que
l'Empire des Otomans ſoit é-
gal , inferieur, ou plus grand

TRENTE-CINQUIÉME. 51
que n'eſtoit celuy des Romains
au ſiecle de Pompée. Conten-
tons-nous qu'il ſoit égal, pour
parler ſans paſſion, & couper
le cours aux diſputes qu'on
pourroit avoir là-deſſus, &
fais reflexion, je te prie, ſur
la conduite qu'eût Pompée
dans la guerre qu'il fit au nombre infini de Corſaires qui
infectoient les Mers d'Italie,
d'Afrique, & d'Aſie. Il fut
fait General d'une Armée de
cinq cens voiles, avec un pouvoir abſolu de faire tout ce
qu'il jugeroit à propos, ſans
rendre aucun compte. Tu
n'ignores pas qu'il ſçeut ſe
conduire avec tant de ſageſſe,
& de valeur, que s'eſtant embarqué avec cent vingt mille
hommes de pied, & ſix mille

II. Partie. E ij

chevaux, il purgea en quarante jours feulement la Libie, la
Sicile l'Efpagne, la Sardai-
gne, la Corfe, & enfin toutes
les Mers qui dépendoient de
la puiffance de Rome, d'une
infinité de Pirates, qui avoient
comme affiegé la Capitale de
l'Empire par les courfes, par
les larcins, & les défordres
horribles qu'ils faifoient par
tout.

Quoy que nous n'ayons pas
un fi grand nombre d'ennemis ny fi puiffans, il faut pourtant craindre que les Infideles n'ayent un jour affez de
temerité, aprés avoir joint
leurs forces, qui font aujour-
d'hui difperfées, pour venir
avec une infinité de bras fon-
dre fur nous, & ébranler la

vaite Monarchie des Otto-
mans , qu'ils ne laiſſent pas
d'inquieter quelques - fois ,
par les frequentes entrepriſes
qu'ils font ſur eux en pluſieurs
endroits.

Nous avons une infinité de
lieux à conferver , ce qui ne
laiſſe pas d'affoiblir la puiſſance des Princes. Nous avons
auſſi pluſieurs Royaumes, des
Iſles fort peuplées , nous com-
mandons à des Nations bel-
liqueuſes,& le nombre des Sujets de l'Empire eſt inconcevable ; ce qui nous doit en-
courager à n'entreprendre pas
moins que firent autrefois
Rome & Pompée , qui fut
nommé l'Agamemnon d'Ita-
lie , parce qu'il commanda
une Flotte nombreuſe, com-

me avoit fait autrefois ce Heros de la Grece. Mais il eſt
déja minuit , ce qui me force à finir cette Lettre , de
peur que le Courrier ne par-
te.

Je t'informeray par le premier ordinaire de ce qui eſt
arrivé en Italie , & en Allemagne , & je t'apprendray
encore pluſieurs autres choſes
que j'avois cru te pouvoir
mander par cette dépeſche ;
mais ne m'accuſe pas de negligence , pour ne t'avoir pas
tout écrit dans cette Lettre ;
reçoy mon excuſe qui eſt juſte , & ſincere , & veüille bien
m'accorder tes bonnes graces. Que le grand Dieu cependant augmente tes proſ-
peritez avec ta ſanté , & ton

credit dans les Estats de l'invincible Sultan sous le glorieux regne de qui nous vivons.

A Paris le septième de l'onziéme Lune de 1638.

LETTRE

XXXVI.

AU MESME.

J E paſſe tout d'un coup en Monferrat, ſans toutefois ſortir de France , pour te dire que les Eſpagnols s'y ſont rendus Maiſtres d'une petite Ville que les François n'ont pu tenir , parce qu'ils n'avoient pas ſuffiſamment de troupes , & ils ont auffi-toft démoly la forterefle qui deffendoit la Ville , pour ofter à leurs ennemis l'envie de la reprendre.

Le fils aifné d'Amedée Duc de Savoye vient de mourir , il fe nommoit Loüis Amedeé , il n'avoit que fept ans quand il fut reconnu pour Souverain , il ne l'a efté que tres peu de Lunes , & il eft mort quatre jours aprés la ceremonie de fon Baptefme. Le Roy de France & la Reyne d'Efpagne eftoient le parain & la maraine de ce petit Prince. Tu me demanderas fans doute comment cela s'eft pu faire , puis qu'ils ne pouvoient y eftre prefents ; mais tu fçauras que ces Nazaréens affif-

tent fouvent à ces ceremo-
nies par les procurations qu'ils
envoyent à des perfonnes qui
les reprefentent. La Ducheffe de Savoye me paroift digne de compaffion, elle a perdu dans une année fon mari,
fon fils, & une partie de fon
état, & elle voit encore ce
qui luy en refte expofé aux
hazards de la guerre; mais
elle fait toujours voir une
grande refolution, & un courage invincible. Son fecond
fils a efté déclaré heritier de
fon frere, & les Etats l'ont
éleuë Tutrice pendant fa minorité.

On ne penetre point icy la
raifon de la vifite impreveuë
que l'Electeur de Saxe a renduë au Roy de Hongrie; c'eft

ainſi qu'on apelle icy l'Empereur d'Allemagne. On a eu
avis de ſon départ de Dreſten
Ville capitale de ſon Eſtat a-
vec une grande ſuitte de
Courtiſans, & les trois Princes ſes fils, qu'il eſt allé à
Leutmaritz, où ce Roy l'at-
tendoit ; & on aſſeure que
dans le peu de temps qu'il y
a ſéjourné, ils ont eu enſemble pluſieurs conferences, dont
on n'a pu rien découvrir. Le
Roy a fait preſent au Duc
d'un ſuperbe caroſſe, avec ſix
parfaitement beaux chevaux,
dont les harnois eſtoient magnifiques, & il a donné des
diamants, & des chaines d'or
à ſes Courtiſans. Mais comme tu te trouves plus prés du
lieu de cette conference, &

que la Porte a par tout des
Agents habiles , tu en fçauras pluſtoſt le ſecret que moy ;
& il ne faut pas douter qu'on
n'y ait conſpiré quelque choſe contre l'Empire Ottoman ,
pendant qu'Amurat eſt éloigné , & que les principales
forces de ſon Empire ſont em-
ployées d'un autre coſté.

Pour ce qui regarde les pro-
grez du Duc de Vimar qui
fait la guerre dans l'Alſace ,
il en eſt venu une infinité de
nouvelles differentes , depuis
que je ne t'ay écrit , & voicy celles qu'on aſſeure être
les veritables. Aprés la priſe
de Fribourg , ce General s'eſt
rendu le maiſtre de toute
la campagne autour de Brizac : & ſon Armée s'eſtant ſai-

fie de tous les poftes, les Imperiaux fe mirent en devoir de s'y oppofer, mais pendant trois mois ils n'ont fait que gâter les bleds, les fourages qui eftoient à la campagne, & détruire par là leurs propres forces. Ils ont fait encore de vains efforts pour rompre le pont que le Vimar avoit fait conftruire à Neuremberg, où la refiftance a efté fi grande qu'ils ont efté forcez de fe retirer, & leur armée y a efté en danger, mais le Duc n'a pas auffi reüffi dans fon entreprife fur Offembourg, par la faute de quinze cent Moufquetaires François & Allemans du parti proteftant, qui n'arriverent pas à temps pour planter leurs

échelles à la muraille, & fur-
prendre cette place, & il a
fait depuis differentes tenta-
tives qui ont toutes efté inu-
tiles. Un Officier eftoit déja entré jufqu'au ravelin avec
un petit nombre de Cava-
liers qu'il commandoit, par le
moyen d'un faux paffeport,
mais la fentinelle l'ayant découvert, il fut obligé de fe
retirer en confufion, avec perte de quelques-uns de fes gens.
Le Vimar défit depuis deux
Regimens de Dragons, &
deux de Cavalerie, & fe fai-
fit du Château de Mauberg,
dont la garnifon s'eftoit auparavant renduë, à difcre-
tion à un Capitaine Suedois.
Mais j'aprends que les deux
armées ennemies s'aprochent

des bords du Rhin, & je ne
t'en diray que ce qu'il eſt neceſſaire que tu ſçaches.

Les Troupes de l'Empe-
reur d'Allemagne ayant eſté
découvertes par l'avantgarde
de Vimar commandée par le
Vicomte de Turenne, ga-
gnerent une éminence ſur laquelle s'étant fortifiées, elles
ſe mirent à couvert, à l'abri
d'une Egliſe & de quelques
maiſons, devant qui l'on po-
ſa une batterie de pluſieurs
pieces de canon, pour tenir
les Suedois éloignez & les
empêcher de ſe camper ſi
prez, & quelques François
s'étant imprudamment avan-
cez pour les reconnoiſtre, un
peu plus que la portée du
mouſquet, ils y ont preſque

tous esté tuez sur la place.
Dans ce temps le Duc de
Vimar, ayant reconnu qu'il ne
pouvoit attirer les Imperiaux
au combat, & qu'il n'estoit
pas possible de les forcer sur
la montagne, où ils estoient
retranchez, se retira sous le
Château de Maubergh, avec
son arrieregarde commandée
par le Comte de Guebrian
Gentil-homme François, il
joignit le jour suivant le reste de son armée, & ayant appris par un Maure qui le sert,
& en qui il a de la confiance, que les Imperiaux avoient
commencé de bon matin à
se retirer, il se mit aussi-tost
en état de les suivre, & fit
marcher son armée en bataille, sa Cavalerie estoit composée

posée de vingt - quatre escadrons, & son Infanterie de huit
bataillons , outre quelques
troupes auxiliaires dont il faisoit un corps de reserve.

Les François soûtiennent
que les Imperiaux estoient les
plus forts, & qu'ils avoient
quatre mille hommes plus
que les Suedois, ce qu'il est
bien difficile de sçavoir au
vray, mais les particularitez
de la bataille qui s'est donnée
sont dignes de t'estre écrites.
Elle a esté sanglante, le combat opiniâtré de part & d'autre, & la victoire long - tems
balancée entre les deux partis. De sorte que les combattans estoient prests à se retirer las de fraper & d'estre frapez quand la fortune se de-

II. Partie. F

clara tout d'un coup pour le
Duc de Vimar, qui s'eſt conduit dans le combat en ſage
Capitaine & en ſoldat deter-
miné. On aſſûre que les Imperiaux ont perdu deux mille hommes en cette occaſion,
avec quantité de leurs principaux Officiers ; on a fait
auſſi plus de quinze cent pri-
ſonniers, parmi leſquels il y
en a plus de deux cent conſiderables par leur naiſſance
ou par leurs emplois. Je ne
te parle point du nombre des
canons, & je ne compte point
cent drapeaux ou cornettes,
ni trois mille charettes char-
gées de toutes ſortes de munitions qui ſont demeurées
au victorieux ; mais je compte pour beaucoup toute la ſe-

cretairie , de deux grands commandans, où on a trouvé les inftructions , & les ordres fecrets du Roy de Hongrie , & quelques traitez faits avec la fublime Porte , où tous les potentats du monde doivent rendre leurs hommages.

Ce que ces traitez contiennent n'a pû encore eftre penetré, & je feray tout ce que je pourray imaginer pour le découvrir. Le butin a efté grand , mais le Vimar n'a pas paru en faire beaucoup de cas, il medite quelque chofe de plus grand encore, que ce qu'il a fait, & il eft demeuré deux jours fur le champ de bataille , pour mieux faire fentir à fes ennemis qu'il eft

le vainqueur; deplus il se vante
dans les lettres qu'il a écrites,
en cette Cour, de n'avoir perdu en cette expedition que
cinq cent hommes de pied, &
tres peu de Cavallerie, qu'il dit,
par bravade, qu'il pourra rem-
placer par ses Pages. Ce que
nos Empereurs, qui sont les
maistres du monde, feroient
scrupule de dire en presence
de leurs esclaves, bien loin de
parler ainsi devant toute une
armée, comme a fait ce Prince,
& en la presence, pour ainsi di-
te d'un grand Roy: voy quel
le est la vanité d'un general
de ces infidelles, & fais - y
quelque reflexion.

Pour obeïr aux ordres que
je viens de recevoir de toy,
je coupe ma Lettre en cet

endroit, de forte que tu recevras une relation fort impar-
faite des évenemens que j'a-
vois commencé à te raconter.
Et je continueray demain ma
dépêche, afin que tu puiffes
mieux te reffouvenir de ce
que je t'ay déja écrit, pour
ne pas perdre le fil de l'hiftoire.

*A Paris le vingt-quatriéme de
la derniere Lune de 1638.*

LETTRE
XXXVII.

AU MESME.

JE trouve dans l'Al-coran le chapitre qui parle des limbes affez long, & je ne croy pas t'avoir écrit aucune Lettre où il y ait tant de paroles, tu n'en recevras deformais aucune de moy qui foit plus étenduë, que les cent fix verfets de ce chapitre ; puifque tu me le prefcris ainfi : & tu ne me pour-

ras pas reprocher de ne t'a-
voir pas obei fur le champ ,
j'ay feparé cette dépefche en
deux , de peur qu'elle ne te
paruft ennuyeufe , quoy que
je fuis perfuadé que tu l'aurois trouvée toute entiere
moins grande que le chapitre , où l'on traite la queftion
de l'enfer.

Le Vimar n'a pas perdu de
temps , il s'eft allé camper devant Brizac , il a fait ouvrir
la tranchée avec une extréme
diligence , & a mis des Corps-
de-Garde le long du Rhin ,
de forte qu'il n'y fçauroit rien
paffer. Cette riviere eft tres-
confiderable par fa largeur ,
& par la longueur de fon
cours , & elle porte de grands
bateaux , ce qui la rend fort

utile au commerce.

Ce Capitaine ayant décou-
vert que la place manquoit
de vivres, & de munitions
de guerre ; il n'a rien oublié
de tout ce que son art luy ap-
prend, pour la surprendre,
ou pour l'emporter à la poin-
te de l'épée ; elle est capitale
d'une grande Province, où il
est maistre de beaucoup de
lieux considerables, & de
plusieurs Châteaux tres-forts,
par où l'on pouvoit dire que
la place estoit déja assiegée.

Les choses estoient en cét
état, & on ne parloit dans le
camp Suedois, que de vic-
toires, que de pertes, & que
de blessures, quand la nouvelle de la naissance du Dauphin y arriva, ce qui fit bien-
tost

TRENTE-SEPTIE'ME. Si roſt entendre un autre bruit. La Cavalerie & l'Infanterie joignirent leurs cris de joye, aux timbales, aux tambours & aux décharges de l'artillerie reïterées pluſieurs fois, & la joye éclatoit de tous coſtez pour la naiſſance d'un Prince, à qui le Ciel (diſent les Propheties de ces Nazaréens) promet un regne plein de Victoires, & qui doit eſtre un jour le ſeul Arbitre du monde. La joye a eſté ſi grande & ſi generale, que de pauvres ſoldats n'ayant rien de quoy contribuer aux feux qui ſe faiſoient par tout le camp, en ont fait de leurs propres habits, ſans conſiderer qu'ils eſtoient à la (veille d'entrer dans une ſaiſon rigoureuſe ;

II. Partie.   G

ce qui eſtant venu à la connoiſſance du General, il leur
a fait de grandes liberalitez ; & on dit auſſi que la
Cour l'ayant ſçeu, le Roy &
le Cardinal de Richelieu ont
ordonné qu'on leur donnaſt
des récompenſes, qui peuſ-
ſent en quelque façon payer
la grandeur du zele qu'ils
ont fait paroiſtre.

La valeur du Duc de Vi-
mar, & celle des troupes qu'il
commande, n'a pas fait perdre courage aux Imperiaux :
Ils ont groſſi leur armée de
nouvelles troupes. Le General Lamboy homme de cœur,
& d'autorité a paru à la veuë
des Suedois, aprés avoir joint
cinq mille hommes, avec le
reſte des troupes du Prince Sa-

velly , & il a fait le dégaft
dans le Païs que les ennemis
avoient occupé. Si tu veux
fçavoir la fcituation du camp
des Suedois, de quelle maniere ils ont fait leurs tranchées,
& leur circonvallation , je t'en
pourray dire quelque chofe
d'affeuré , parce que j'en ay
eu pendant quelques jours un
plan fort exact entre les mains.
Ce camp a prés de trois lieuës
d'Allemagne de tour : il eft
fortifié de tous les coftez d'u-
ne tranchée de feize pieds d'é-
paiffeur , avec un foffé large
& profond , une double pal-
liffade, & plufieurs redoutes.
On incommode fort le deffus
& le bas de la ville , par le
moyen de deux ponts faits fur
le Rheim. L'abondance de

toutes fortes de munïtions for-
tifie beaucoup cette armée,
& encourage fort le foldat qui
ne manque de rien. Le com-
mandant, quoy qu'il foit grief-
vement malade, veille neanmoins fans ceffe, & paroift
infatigable, le foldat animé
par les fuccez paffez, ne fonge qu'à de nouvelles conque-
ftes, & qu'à faire un nouveau
butin, & il fe croit invincible. L'artillerie qui eft dans
le camp eft de cinquante pieces de gros canons, dont on
a fait plufieurs batteries qui
defefperent les affiegez. Je
ne te parle point de plufieurs
petits combats, & des efcar-
mouches qui fe font continuellement, il n'y va point
de ton fervice, & par confe-

quent de mon devoir, de te
faire un détail si exact des
actions de nôs ennemis. Voicy neanmoins ce qui est arrivé de plus considerable.Quel-
ques troupes de jeunes soldats
de l'armée Imperiale, aprés
avoir pris beaucoup de bé-
tail sur les Suedois, & fait
quelques prisonnniers, eurent
avis de la marche du Colo-
nel Sillard qui venoit de France, & portoit beaucoup d'argent pour le payement des
troupes : ils sont allez au devant de luy, & l'ont pris a-
vec beaucoup de jeunes Mrs
tous personnes de marque, &
qui avoient aussi beaucoup
d'argent avec eux. Dans ce
mesme temps le Duc de Lorraine, Prince de beaucoup de

G iij

valeur, qui fert dans le party des Imperiaux a entrepris de fecourir Brizac qu'il fçavoit eftre reduit à l'extremité : & dans ce deffein ayant choifi quarante compagnies d'Infanterie pour mener un grand convoy de vivres, & de munitions de guerre; & s'eftant mis en marche, il a rencontré le Duc de Vimar en tefte, & voicy comme la chofe s'eft paffée. Il reftoit à ce Prince encore une grande foibleffe de fa maladie; mais elle ne l'a point arrefté dans cette occafion, qu'il a jugée d'une grande importance pour fon parti : il a monté à cheval, & eft allé au devant du Duc de Lorraine. Le Combat a duré cinq heures, & le Lor-

rain y a fait tout ce qu'on
pouvoit attendre d'un brave ,
& experimenté Capitaine ;
Mais il a esté contraint de
ceder à la fortune de l'ennemi qu'il avoit en teste , & de
se retirer dans un bois , avec
ce qu'il a pu sauver de ses
troupes : & l'orgueil des Suedois ne s'est pas mediocrement
accru par un si grand avantage, qui sera immanquablement
suivi de la prise de Brizac. Le
Duc de Vimar est demeuré
Maistre du champ de bataille ,
il a entierement deffait l'infanterie des Imperiaux, & la Cavalerie du Duc de Lorraine a
esté mise dans un desordre
étrange; il y a eu douze cent
morts sur la place , & tout le
bagage avec les munitions

font demeurées entre les mains du vainqueur. On diroit, illuftre Kaimakan, que le Dieu Mars s'eft uni avec ce nouveau Capitaine, & malgré la foibleffe que fa maladie luy a laiffée : il fait tous les jours des actions heroïques avec fes vaillans foldats qui paroiffent capables de tout entreprendre, quand il eft à leur tefte, & foit qu'il ne fe foucie pas de la vie, ou qu'il foit infatiable de gloire : il femble qu'il ne puiffe vivre fans fe nourrir, pour ainfi dire, de victoires, & il commence déja à égaler le fameux Guftave, fous qui il a appris fon meftier. Il á perdu neanmoins, malgré fa vigilance deux forts qu'il avoit

fait conftruire fur le Rhein ,
& s'il les reprend , ce ne fera pas fans qu'il en coufte
beaucoup de fang à l'un & à
l'autre party. Les Allemans
y ont déja perdu feize cent
hommes , du nombre def-
quels il y en a eu quatre cent
de noyez.

L'extremité de Brizac ,
dont on avoit eu déja des a-
vis fecrets , eft prefentement
fçeuë de tout le monde. Les
Suedois avoient intercepté la
derniere Lune d'Octobre une
Lettre du Gouverneur au Roy
de Hongrie, où il expofoit à ce
Prince l'eftat auquel il fe trouvoit, & luy difoit franchement
que les places qui manquent
d'hommes & de munitions de
bouche & de guerre ne fe peu-

vent deffendre que par miracle : il ajoutoit que les meilleurs Officiers , & les soldats les plus braves estoient
deja morts , & que ceux qui
avoient pu éviter la mort jus-
ques-là , estoient malades ,
blessez , ou tellement abbatus
de fatigues, qu'ils ne se pouvoient soustenir ; & qu'outre
cela ils n'avoient de pain , &
de viande que pour douze
jours : il paroissoit aprés cela
luy reprocher d'avoir laissé
passer le temps , où il luy avoit
promis du secours, & il le faisoit ressouvenir qu'il n'avoit
pas cru pouvoir tenir jusqu'au
quatriéme de la Lune de Septembre ; mais qu'il estoit reduit à une si grande misere ,
qu'il n'osoit luy en faire le

détail, de peur que fa Lettre ne
vint dans d'autres mains que
les fiennes. Voy quelle mauvaife fineffe de dire qu'il n'ofe
pas tout efcrire, & il en efcrit
plus qu'il n'en faut pour faire
entendre que fa place doit
eftre prife infailliblement.

Si tu as eu de l'impatience
de fçavoir la reddition de Brizac, tu cefferas d'en avoir
par ce mefme ordinaire. Le
Courrier vient d'arriver qui
porte la nouvelle de la prife
de cette place importante, &
il n'a efté que trois jours dans
fon voyage. La Place a efté
prife dans toutes les regles de
la guerre, elle s'eft renduë
le neuviéme du dernier mois
de cette année à compter fuivant les époques des Chreſ-

tiens. Le Gouverneur a fait
une capitulation honorable,
& dans le vray il a soutenu
le Siege avec toute la vigueur
& le courage possible jusqu'aux dernieres extremitez.
Ce brave homme s'appelle le
Baron de Reynach; il merite
que son nom se trouve dans les
Lettres que tu fais enregis-
trer, & que le Divan connois-
se un homme qui sçait si bien
deffendre les places qu'on luy
confie, afin de rendre à la
vertu, ce que tous les gens
qui l'aiment luy doivent, &
qu'on a assez accoustumé de
luy rendre dans les païs les
plus barbares. Il n'est sorti
de Brisac que quatre cent
hommes de pied, & soixante
& dix Cavaliers, encore é-

toient-ils tous nuds, prefque
tous bleffez & quafi morts de
faim ; ils en avoient efté tellement preffez, qu'ils avoient
déja confommé les chevaux,
les chiens & les rats , & on
dit qu'il y en avoit déja quelques-uns qui avoient com-
mancé à manger de la chair
humaine. On parle differam-
ment du butin qu'on a fait ,
& on affeure qu'il en demeure au Vainqueur plus de deux
cent pieces de canon.

Mais on compte une Hif-
toire étrange d'une jeune Dame d'excellente beauté , qui
aprés s'eftre laiffée tomber aux
pieds du Duc de Vimar , luy
parla de la forte. Grand
Conquerant il ne me refte que
des moments à vivre, la faim

m'a reduite aux derniers a-
bois, & je mourray defefpe-
rée, fi vous ne me vangez
de l'outrage le plus cruel
qu'on puiffe imaginer que j'ay
receu d'un fçelerat qui a exi-
gé de moy pour une fouris
roftie, un diamant d'un grand
prix que j'ay efté forcée de
luy donner. Je ne luy reproche point que pendant le Siege il m'a arraché un collier
de groffes perles pour quatre
onces de farine; mais j'avouë
ma foibleffe, je ne puis me
voir dépoüillée de ce que j'a-
vois de plus precieux, & mourir fans en eftre vangée. On
dit que ce Prince ne put re-
fufer des larmes à un Spec-
tacle fi pitoyable : cette pauvre Dame eftant morte pref-

qu'au mesme inftant qu'elle eut ceffé de luy parler ; mais on ne fçait point s'il a fait chaftier ce méchant homme dont elle luy demandoit juftice.

Le Siege de Brifac a duré quatre mois , il eft peri dans la Ville prés de quatre-vingt mille hommes , tant de maladies , que de bleffures , ou de faim. On prepare à Paris des feux de joye pour une fi grande victoire : on publie par tout les loüanges du Duc de Vimar , & on luy en donne beaucoup dans les Lettres qu'on luy écrit de la Cour. Noftre Empire pourroit un jour avoir à craindre un homme fi brave , fi experimenté & fi ambitieux , s'il n'avoit pas

en teſte de puiſſans ennemis,
l'Allemagne qui luy en fournira toujours, eſt un païs d'u-
ne vaſte eſtenduë , & qui paroiſt inépuiſable d'hommes
propres à la guerre , & tout
coupé de Villes extremement
peuplées , & dont les fortifica-
tions peuvent arreſter long-
temps des armées.

On dit plaiſamment icy que
les Empereurs d'Allemagne
ne pourront plus dormir d'un
bon ſommeil, parce qu'en per-
dant Brizac , ils ont perdu
l'oreillier ſur lequel ils ſe re-
poſoient , & on croit qu'avant
qu'il ſoit peu la France uni-
ra cette conqueſte au Do-
maine de la Couronne. Que
le grand Dieu multiplie les
années de ta vie, comme les
ſables

fables de la mer, & augmente tous les jours ta fortune ,
& ta fanté.

*A Paris le vingt-cinquiéme
de la dernicre Lune de 1638.*

H

LETTRE

XXXVIII.

A

MELEC AMET.

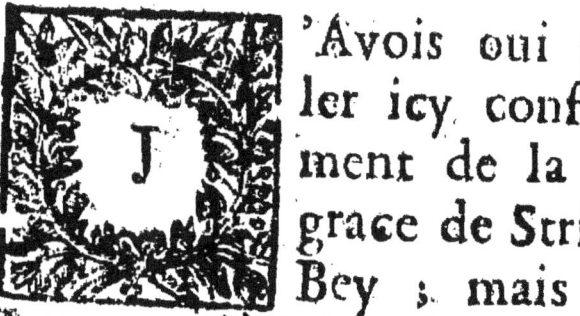

'Avois oui par-
ler icy confuse-
ment de la dif-
grace de Stridya
Bey ; mais tes
Lettres m'éclairciffent entierement. Tu vois , ami , comment vont les chofes. Il pof-

sedoit la faveur du Prince, &
il n'a pu se sauver : il avoit
outre cela de grandes richesses, & il a esté obligé de souffrir une si grande ignominie.
Il sera bien plus difforme qu'il
n'estoit auparavant, puis qu'il
a laissé son nez & ses oreilles
dans les mains d'un bourreau.
Amurat en le condamnant à
un pareil supplice, a fait une
action digne de sa justice, &
les plus gens de bien de l'Empire ont toujours souhaité que
cet insolent & superbe Grec
fust étranglé. Cet homme qui
avoit été un miserable Pecheur
& un Marchand d'huistres eut
cet orgueil insupportable par
les prodigieuses richesses qu'il
acquit dans un si bas cõmerce.
Son grand bien luy fit trouver

les moyens d'obtenir la faveur des Miniſtres & des favoris du Prince, & ſa Hauteſſe elle-meſme honora de ſon amitié, luy donna des charges, & le combla de biens. Tu dois ſçavoir tout ce que je te dis; mais je ſuis étonné que tu m'écrives preſentement que ce temeraire ſoit venu à ce point d'arrogance, qu'ayant eſté dépoſé du Gouvernement de Valachie à cauſe de ſon orgueil inſuportable, & de ſon extreme avarice, il ait aprés pretendu rentrer dans cette meſme charge à force d'argent, & tenté de corrompre en quelque façon la juſtice d'Amurat. Voy par combien de crimes il s'attire ſur luy la colere du Prince: l'Empereur auroit esté plus avare que Stridya, s'il avoit favorisé son dessein; mais c'estoit un Arrest du destin que Stridia fust puni , & que le Maistre donnast un exemple terrible de son équité , pour intimider ceux qui se servent de leurs richesses pour commettre toutes sortes de crimes & se procurer toutes sortes d'infames plaisirs.

La nouvelle de la cheute de ce perfide avoit en quelque façon soulagé le grand chagrin que j'avois , quand j'ay receu ta Lettre ; Mais la mort de Zagaribasci nostre ami commun , m'afflige sensiblement , & le mariage de son fils Caragurli fait le mesme jour m'estonne si fort , que

je ne puis comprendre comme
on a pu faire en mesme temps
dans une maison deux ceremo-
nies si opposées , des funerail-
les , & des nopces.

Je trouve ces deux avantures fort étranges : & quoy que
nostre ami fust déja fort vieux ,
je le pleure comme s'il estoit
mort avant le temps : c'estoit
un homme de bien, d'une grande pieté , & qui estoit raison-
nablement riche ; c'est ce qui
rend les mortels heureux en
ce monde & en l'autre. Mais
tu ne m'apprens point si la
joye excessive qu'il a euë de voir
son fils marié avec une Grecque riche des biens de la fortune , doüée d'une grande vertu , & muete , n'a point cau-
sé sa mort. Je ne doute pas

que tu ne dises pluftoft que
noftre ami Zagarabafci eft mort
de quelque excez, que tu ne te
rendras fur ce que nous con-
teftons il y a fi long-temps. J'ay
toujours reconnu dans cet a-
mi beaucoup d'honnefteté avec
beaucoup de retenuë, & il m'a
paru auffi avoir beaucoup de
tendreffe pour fon fils. Je ne
fçaurois fans t'offenfer accu-
fer ce bon vieillard de manque
de moderation ; cependant s'il
eft mort d'un emportement de
joye : tu vois que je ne te difois pas une chofe impoffible,
quand je te foûtenois dans ma
jeuneffe qu'une joye extraordinaire & impreveuë eft plus
capable de tuer qu'une douleur fubite, quelque violent
qu'elle foit. As tu cru que

ce fuſt un mediocre ſujet de ſa-
faction pour un pere ſage&mo-
deré d'avoir pour ſon fils une
femme muete ? & quel plus
grand plaiſir peut avoir un mari
que de poſſeder une femme qui
ne parle point ? Les Chreſtiens
ne comprennent point la ſageſſe des Turcs , quand ils ſe
mocquent de nos Sultans, qui
trouvent la pluſpart de leurs
plaiſirs dans la converſation
des muets. Y a-t-il rien de plus
agreable que d'entendre un
homme qui ne parle point, &
de voir raiſonner de tout , une
perſonne qui n'a point l'uſage
de la langue. Tu ſçais combien de choſes ces muets du
Serail font entendre, quelle é-
loquence eſt dans leurs geſtes,
& tu n'ignores pas enfin que
lorſque

lorfque Amurath voulut rendre graces au Souverain Moderateur de tout le monde
qu'il a creé, de ce qu'il avoit
évité la mort, lorfque le ton-
nerre tomba fur fon lict &
qu'il brufla jufqu'à fa chemi-
fe, il parut luy faire un grand
Sacrifice en faifant fortir du
Serail un muet qu'il aimoit
extremement à caufe de fes
geftes. Les neuf Mufes furent un jour fur le point de
fe battre , parce qu'elles ne
vouloient pas recevoir parmi
elles, une dixiéme compagne
qu'un Roy d'Italie avoit joint
à leur compagnie, mais quand
cette dixiéme Mufe eut dit
qu'elle s'appelloit la muette,
toutes les voix furent pour
elle. Cher Melec ce n'eft pas

sans raison que je t'écris tout cecy. Tu és encor jeune, & tu te voudras marier, croy Mahmut. Il y a peu de femmes qui soient sages, & elles disent peu de bonnes choses, pense ce que peuvent dire celles qui ne sçavent rien, dont le nombre est infini. Quand elles ont parlé un jour entier, sois persuadé qu'elles n'ont rien dit. Si tu te maries suis mon, conseil , ne prens pas une muete, car tu aurois une beste, & n'en choisis pas aussi une qui parle. Car tu serois avec un monstre. D'où je conclus que nostre ami n'est pas mort sans avoir receu du Ciel une grace particuliere. Mais je ne puis m'empescher de penser encor à sa mort.

Combien d'accidens plus extraordinaires verras-tu si tu arrives à la vieillesse ; & si tu demeures à Constantinople, où l'on voit continuellement des avantures estonnantes, & des effects si extraordinaires de la vie & de la mort, de la cruauté & de la clemence, aussi bien que de la bonne, ou mauvaise fortune. Comme je suis en haleine je continuerois volontiers à t'écrire, mais je croy qu'il est bon de finir aussi de peur de t'estre ennuyeux par un trop long discours. Et je finis en priant le Ciel qu'il conserve ta santé en quelque lieu que tu sois.

A Paris le vingt-cinquéme de la derniere Lune de 1638.

I ij

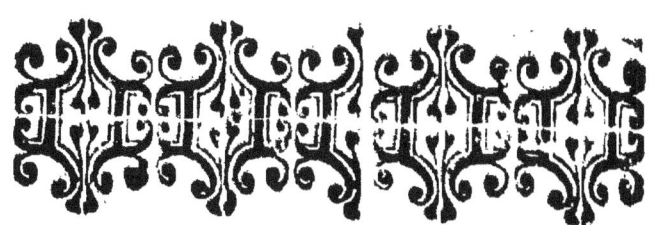

LETTRE

XXXIX.

AU MESME.

ON se porte fort bien à Paris, où je demeure presentement, l'air y est bon, il n'y a aucun des lieux d'alantour où il soit mauvais, & il n'y a aucun soupçon qu'il y ait aucun mal contagieux, & cependant il arrive souvent à Paris des

morts subites aussi bien qu'à
Constantinople, & on y meurt
aussi de joye. Je te raconteray
ce que j'ay veu & non pas ce
que j'ay entendu dire être ari-
vé dans la Ville de Londre,
Ville ancienne & la capitale
du Royaume d'Angleterre. Un
pere de famille tres riche &
fort âgé estoit mourant ces
jours derniers, il rappella un
fils unique qu'il avoit à Paris où il passoit sa vie dans
les plaisirs, pour luy donner son bien avec les derniers embrassemens : pense
quelle peut-estre le plaisir
d'un jeune homme à qui la
vie d'un pere est ennuyeuse,
parce qu'elle est un obstacle
à sa liberté, & qui attent sa
mort pour s'abandonner à

tous les plaisirs que sa nature corrompuë luy fait envisager comme le souverain bien. Ce jeune homme voulant monter à cheval pour courir, où il estoit appellé, se trouva embarqué pour un voyage qu'il ne pensoit pas faire, qui fut celuy de l'autre monde ; il tomba mort sur le champ, & je le vis en un instant vivant, & sain, & dans le mesme instant expirer. Si j'estois de la secte de nostre Philosophe Muslaadin Saadi, je te dirois, qu'il importe peu de mourir subitement, ou de languir long-temps, de mourir dans une ruë, ou dans un lict. Mais comme je ne suis pas entré dans le portique de Zenon,

& que je ne connois aucun Peripateticien , ny aucun Philofophe de tant de fectes qu'il y avoit dans la Grece, où on difpute encor , pour fçavoir fi la mort eft à preferer à la vie, n'attens pas de moy des raifonnemens fur la morale des Grecs ny celle des Perfiens. Cependant fi la mort eft un mal fi terrible, fonge à vivre d'une maniere qu'elle ne te puiffe jamais effrayer , quand elle s'approchera de toy, ou quand tu la verras attaquer les autres , & attendons cette mort par tout. Sçais tu quelle herbe, ou quel fecret magique je trouve pour m'empefcher de la craindre ? C'eft de mener une vie innocente : On ven-

I iiij

te icy avec raison les dernieres paroles d'un homme
d'une grande naiſſance qui
mourut dans une extreme
vieilleſſe, par une bleſſure qu'il
receut, au moment qu'il portoit par tout des coups terribles! il avoit ſervi pluſieurs
Roys dans les plus grandes
charges, quand il fut bleſſé
mortellement dans une ba-
taille; penſe ce qu'il répondit à ceux qui l'exhor-
toient à mourir en bon Chré-
tien, & avec le meſme courage qu'il avoit eu toute
ſa vie; il dit que quand
on avoit ſçeu bien vivre quatre vingts-ans on devoit
ſçavoir bien mourir un quart
d'heure. Ce grand homme
qui eſtoit un guerrier fameux,

eſtoit auſſi un vray Philoſophe, & je dirois que c'eſtoit
un ſaint s'il n'avoit pas eſté
d'une autre Religion que la
noſtre. Je croy que ce fut un
beau ſpectacle, & d'autant
plus conſiderable qu'on eſtima
beaucoup plus l'exemple qu'il
donna de bien mourir que
celuy qu'il avoit ſi ſouvent
donné de combattre vaillam-
ment. On le nommoit Anne
de Montmorancy Conneſta-
ble du Royaume de France,
dont j'ay eû la curioſité de
lire l'Hiſtoire qui eſt toute entiere dans un Livre où eſt
celle des Guerres Civiles, qui
ont tant affligé ce Royaume
& ſi long-temps, dans le ſiecle
paſſé.

Mais devant que j'acheve

cette Lettre trouve bon que
je te fasse remarquer., qu'elle
opposition il y a des effets de
la douleur à ceux de la joye.
Le Courrier d'Angleterre
dont j'ay parlé trouvant à
son retour le vieillard qu'il
avoit laissé mourant encor en
vie, il luy porta un coup si
extraordinaire en luy anon-
çant la mort de son fils, que
la douleur ayant vaincu les
assauts d'une mort prochaine,
elle redonna à ce mal-heureux vieillard les forces qu'il
avoit perduës avec la santé,
de sorte qu'estant venu tres
peu de jours aprés à Paris,
je l'y ay veu pleuter la
perte de son fils unique.

Celuy qui dit autresfois que
l'homme devoit apprendre

toute fa vie à fçavoir mourir, ne dit rien de nouveau ; nos jours durront affez fi nous fommes prefts dans tous les temps, à dire que nous avons affez vécu, & fi nous aimons comme nous le devons noftre Empereur, qui doit eftre immortel, qui eft invincible, faint, & le plus jufte parmi les hommes ; & fi nous obfervons ce que difoit un païfan de France à tous ceux qui paffoient devant fa Maifon. *Ne refufez voftre fecours, & ne faites jamais de mal à perfonne.*

Regardons toy & moy nos jours, de même qu'enfeignoit une fois dans le Serail, aux Eunuques Blancs, ce Perfien qu'on aveugla parce qu'il

voyoit trop clair, & qui foû-
tenoit que la vie de l'homme eſtoit courte, douteuſe,
& vaine.   Il diſoit qu'elle
eſtoit courte, pour tout ce que
nous avions à faire, douteuſe
pour ce que nous faiſions, &
toûjours mélée de ce que nous
avions fait, & de ce qui nous
reſtoit à faire.   N'enſeigne
pas encor à ton fils Mehemet
pour qui tu as tant d'affection,
ces preceptes. Les enfans n'ont
point la force d'eſprit qu'il
faut pour entendre diſcourir
de la mort : Ce ſont des mor-
ceaux durs pour ainſi dire
pour leurs eſtomachs, que les
vieillards ont bien de la peine
à digerer & qu'ils n'avalent
pas ſans en ſentir toute l'a-
mertume.

Je prie Dieu qu'il conserve la Ville Imperiale, avec ceux qui l'habitent, & qu'il la garantisse de la pluye qui tomba sur les Villes infames, & je le supplie qu'il te fasse la grace de vivre sans l'offenser, afin que tu n'ayes jamais de frayeur de la mort.

A Paris le vingt-cinquième de la derniere Lune de 1638.

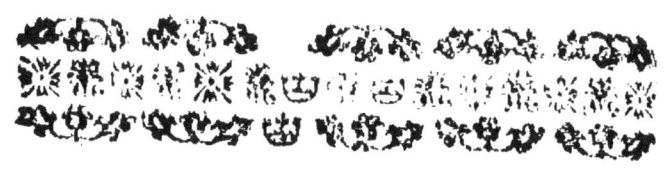

LETTRE

XXXX.

A

Enguruli Emin Mehe-
met Chuk homme
de la Loy.

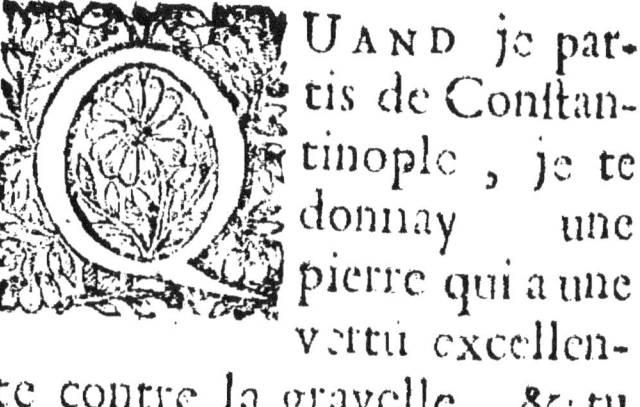

UAND je par-
tis de Conftan-
tinople , je te
donnay une
pierre qui a une
vertu excellen-
te contre la gravelle , & tu

me fis prefent d'un papier qui
me devoit garantir de tous
les maux du corps. Il n'y a
que le temps qui puiffe dé-
cider qui des deux a fait un
meilleur prefent à fon ami.
Tu as pretendu m'apprendre
en peu de paroles, à vivre
parmi les infidelles, & j'ay
crû en te donnant une pierre
te donner un remede au mal
ou tu és fujet. Je ne me tour-
ne jamais du cofté de la
Mecque que je ne me reffou-
vienne jufques où a efté ton
amitié pour moy. L'abfence
n'a point affoibli ta tendreffe, & elle n'a pas empêché
que tu ne m'ayes donné tes
confeils, & que je n'aye reçû
de toy des bienfaits; mais je
fuis encor trop jeune pour

me preparer fi-tôt à fortir de
ce monde , & j'ay trop de
fanté pour m'accouftumer
aux triftes leçons que tu me
fais.

Je fouhaitterois que tu fuf-
fes icy à Paris avec moy, à
examiner un grand nombre
de gens qui vendent une
chofe tres-precieufe pour en
acheter une vaine & imaginaire ; c'eft le fang & la
gloire.Combien en verrois-tu
qui donnent avec empreffe-
ment des Placets au Roy
pour en obtenir la permiffion
d'aller chercher la mort. Sans
doute tu n'aurois jamais penfé qu'il y en eut quidemandaf-
fent à leur Maiftre une pareille grace. Il s'en trouve
cependant & un grand nom-
bre.

bre. Les Capitaines & les Soldats ne font auffi autre chofe que des martyrs de l'ambition à qui on diroit que la vie eft ennuyeufe. C'eft une chofe étonnante de voir la quantité de morts qu'on rencontre par la Ville, portez fur les épaules de leurs amis, ou de leurs parents, dont le peuple n'eft point étonné parce que c'eft un fpectacle ordinaire.

Cette maniere de vivre m'oblige à faire comme les autres. Je commence à confiderer de loin ce qui pourroit arriver fur le champ, & s'il faut mourir bien-tôt, tu fçais que nous croyons au deftin. Je ne te dis pas cecy fans raifon : Mais pour te faire re-

K

marquer une action plaine de
bonté de ce Roy-cy, qu'on
appelle le Juste, qui doit
estre un exemple pour tous
les Princes Chrestiens, & qui
est peu usité parmi les Turcs.
Pour remplir d'aussi grandes
Armées que celles que les
François entretiennent par
tout il faut des Soldats; Il
se trouva ces jours passez un
homme aussi accablé de vieillesse qu'abandonné au desef-
poir, qui demanda à s'enrôler
dans les Troupes de ce Prince; Pour obtenir ce qu'il demandoit, il dit au Roy qu'il
estoit père de douze enfans,
parmi lesquels il avoit sept
filles en estat d'estre mariées,
qu'il ne pouvoit plus vivre,
parce qu'il ne sçavoit com-

ment entretenir une si grande
famille, & que ne sçachant
pas encor comment il faloit
se prendre à mourir : il vouloit l'apprendre au service de
son Maistre. Le Roy luy
ayant fait dire en secret de
se trouver un jour marqué
dans son Cabinet, luy parla
de la sorte. Ton desespoir te
porte à te faire Soldat dans
mes Armées, & la charité
veut que je te retienne parmi
les Bourgeois. Ceux qui sont
fols quand ils entrent dans
les Troupes, en sortent d'ordinaire plus sages; parce qu'ils
apprennent beaucoup de choses qu'ils avoient auparavant
ignorées; mais toy quel temps
as-tu pour apprendre, toy
qui és en estat de tomber

K ij

mort au même-temps que tu mettras le pied dans l'Echole ? Je te reçoy pourtant, prens cette Epée, & vas combattre ta folie, prens cette bourse, vas-t'en secourir ta famille, & te gueris ; & si tu veux faire une action d'homme sage, ne dis à personne que tu tiens du Roy ta guerison ? Il ne m'a pas esté possible de sçavoir la somme qui estoit dans cette bourse, & de quel acié estoit l'Epée. Mais je tiens cette Histoire d'un Officier de la Chambre du Roy, avec qui j'ay trouvé moyen de lier quelque commerce, qui me fit le plaisir de m'en avertir aussi-tôt, que la chose fut arivée.

Je te diray si tu veux, quelque chose des principaux évenemens de ma vie, je ne cache point mes actions aux Miniſtres, & le tres-venerable Mufti ſçait tout ce que je fais. J'adore le Souverain Maiſtre de l'univers, j'ay une grande veneration pour le Saint Prophete. Jamais le ſang des hommes n'a eſté verſé par ma main, je n'ay jamais commis d'adultere, mes ennemis obtiennent aiſement le pardon de moy, & j'ay une horrible averſion pour la médiſance. Si cela n'eſt pas ſuffiſant, je ne ſçay comment faire pour meriter le ſalut, je n'ay point d'autre vertu ; & je ne croy pas qu'il me reſte aucune des qualitez qui font un habile vo-

leur , dont je pourrois me
fervir dans un fiecle , où la
plus part du monde s'applique à en trouver les meilleurs moyens. Je me perfua-
de qu'en fuivant ces maxi-
mes , que les veritables fidelles auront l'entrée de ce Paradis , où les ames jouyront
d'un bon-heur parfait & auront un pied fur le col des
ennemis de noftre Sainte Loy,
où elles ne fouffriront aucune incommodité de la chaleur
du Soleil , ny les froids qui
font caufez par la Lune : Où
à l'ombre des arbres chargez
de fruits agreables , qu'elles
cuëilleront debout , affifes ou
couchées , où elles boiront
dans des Coupes d'Or , ou
d'Emeraude , les liqueurs les

plus délicieuses, qui viendront d'une fontaine abondante & claire, servies avec une magnificence inconcevable. Dans ce lieu divin : elles seront plus belles que les Estoilles qui brillent au Ciel, & dont l'éclat éclaire la nuit la plus serene, leurs robes y seront d'une toile de soye d'un vert plus beau que l'herbe qui croist au mois de May, & elles recevront encor de la main de Dieu un breuvage plus doux & plus agreable qu'on ne se le peut imaginer, en recompense du bien qu'elles auront fait pendant leur séjour parmi les hommes.

Tu sçais qu'il ne m'est pas possible de faire mon pellerinage à la Meкuc, parce qu'on m'oblige de demeurer à Paris. Tu n'ignores pas que je ne puis pas me donner à la contemplation, parce que je dois mener une vie active, & tu fçais bien auffi que je ne puis pas demeurer parmiles Dervis qui paffent leur vie dans la folitude; parce que je fers en France noftre Puiffant & invincible Empereur. Voy par tout ce que je te dis ce qu'il m'eft poffible de faire dans l'état où je me trouve, & ne m'accufe point de negliger les pieux avis que tu me donnes. Je n'oublie pas tant la mort, que j'oublie que je dois mourir.

Apprens encore de moy
qu'il

qu'il n'y a pas de Ville au monde, où on apprenne mieux à vivre mal qu'à Paris, & qu'il n'y en a pas aussi où l'on enseigne mieux à bien mourir. Je ne te diray point qu'il y ait icy des Accademies publiques (comme on en trouvoit chez les anciens Egyptiens,) où l'on expose des corps morts pour faire souvenir les hommes, que la necessité de mourir est indispensable. Mais je te diray qu'il n'y a point de jour où dans cette grande Ville, une grande quantité de fols, n'enseigne aux plus sages des choses qu'ils avoient toûjour ignorées : Et les Gibets, les Croix & les échafauts dressez pour le supplice des coupables, empêchent la perte d'un grand nombre de gens à qui ces fpectacles confervent l'innocence. C'eſt dans ce même lieu, que les Pauvres qui eurent autresfois de grands biens ; enfeignent comment on doit eſtre œconome, que les grands orgueilleux par leur puiſſance font refpeĉter l'humilité, & où le defordre des femmes fait donner de grandes loüanges à la chaſteté ; & il n'y a point auſſi d'endroit où ce grand nombre de petits voleurs qui dérobent avec une fineſſe inconcevable dans les ruës, fur les ponts, dans les Eglifes, & dans les marchez, ne faſſe paſſer pour groſſiers nos peuples de la Morée,

que nous avons crû qui l'em-
portoient pour l'adreſſe à dérober, ſur toutes les nations
de l'univers.   Adieu.

*A Paris le 10. de la premiere
Lune de 1639.*

LETTRE

XXXXI.

A

CARA HALI
Medecin.

JE ne fçay fi ce que j'ay crû voir la nuit paffée dans mon lict, eft l'effet d'un fonge, ou une veritable vifion. Il m'a paru

qu'un grand tremblement de
terre m'avoit éveillé , & je
me suis levé encore tout ef-
frayé.   Mais aprés m'estre
informé de quelques gens,
j'ay connu que j'avois fait un
songe, & qu'on ne sent de
mouvement à la terre en cés
quartiers-cy , que ceux qui
viennent du Roy, qui donne
le mouvement à toutes choses.

Mon avanture , a renou-
vellé le souvenir d'une autre
avanture qui a si fort affligé &
fait répandre tant de larmes à
une partie de l'Italie. Il y a
quelques Physiciens qui disent
qu'ils ne peuvent penetrer ce
qui produit les feux horribles,
que vomissent en certains
temps Uulcain , le Montgi-

bel, Stromboli, & le Vefuve,
qui font des montagnes en Sicile, & prés de Naple, dont
la racine paroît dans les En-
fers, d'où il fort fouvent des
exalaifons tres - puantes, de
fumée & de fouffre, avec des
flames qui vont jufqu'aux
nuës, des pierres, & des cendres.

On aura apris fans doute à
Conftantinople, que vers le
commencement de la Lune
de Fevrier, il fe perdit prés
de Naple une petite Ifle, qui
avoit quatre milles de tour.
On raconte pour une chofe
fort affurée, qu'aprés que
cette Ifle fut fubitement en-
foncée dans la mer, le feu
qu'elle enfermoit ne trouvant
plus fon effort ordinaire,

il s'ouvrit de là à quelques
jours un nouveau chemin
le long des coſtes de la Calabre ; & prés de Meſſine.
C'eſt là qu'il parût aprés avoir
cauſé un tremblement de terre horrible qui renverſa une
grande maſſe de baſtimens ;
que les Chreſtiens appellent
un Clocher , qui eſtoit celuy
de la principale Egliſe , & qui
enſevelit ſous ſes ruines une
grande quantité de monde ,
que la devotion avoit attiré
à cette heure-là dans le Temple. Quelques Villes du
Royaume de Naples ſe ſen-
tirent de ce tremblement de
terre , & une infinité de perſonnes , avec des troupeaux
inombrables , ont peri miſe-
rablement dans le feu , dans

la fumée & fous des mon-
tagnes de cendres. Et parmi
ceux qui ont efté étoufez,
on compte plufieurs Seigneurs
de ces terres, qui ne font
Maiftres que de tres peu de fujets, & portent neantmoins le
titre de Prince.

Mon cher ami Cara Hali !
Ces effets de la nature font
épouvantables, ils frappent
nos yeux & nous n'en pou-
vons penetrer la caufe. Il faut
que ces belles contrées de l'I-
talie foient bien éloignées du
Paradis, puifque ces bouches
d'enfer, (s'il eft vray comme
difent bien des gens qu'elles
font dans ces montagnes,)rui-
nent fi fouvent par les tremble-
mens qu'elles caufent, & leurs
deluges de flames, la Calabre &

la Sicile. Les Naturaliftes
foûtiennent que ces montagnes nourriffent dans leur fein
des matieres fulfurées, & bi-
tumineufes qui s'enflàment
aifement, & qui fortent avec
plus ou moins de vehemen-
ce & plus ou moins frequam-
ment, felon que les matieres
font plus ou moins difpofées,
& que les vents foufterrains,
allument & pouffent ces feux,
& qu'ils écroulent la maffe
de terre fous laquelle ils font
renfermez. Mais l'opinion de
certains Philofophes qui foûtiennent que le hazard produit des évenemens fi extraordinaires, me paroît ridicule ; ils veulent, qu'une pierre qui en frappe une autre,
produife une étincelle, d'où

viennent ces grands embra-
femens. Ils vont encore plus
avant, & ils veulent perfuader qu'une lampe allumée,
laiffée par mégarde par ceux
qui cherchent dans le creux
de ces montagnes, ou pour
travailler à des mines, ou
pour découvrir les fecrets de
la nature, peut preparer ces
flames, qui ayant prés d'elles
une matiere propre à les entretenir, & n'en n'ayant point
de contraire qui puiffe les
éteindre, caufe des effets fi
furprenants ! Ils veulent auffi
que la foudre tombée avec
impetuofité fur quelqu'une
des coftes de ces montagnes,
puiffe faire auffi la mefme
chofe que la pierre, qui heur-
te l'autre, ou la lampe qu'on
laiffe allumée.

Ces opinions ne me paroi-
ſtroient pas ſi ridicules , s'il
eſtoit poſſible d'en faire quelque demonſtration : mais
comme ces évenemens ſont
tous extraordinaires & tiennent du prodige , je te permets de croire que c'eſt un
ouvrage de la nature , ou de
l'enfer, ou du hazard tout ſeul
qui cauſe le mouvement per-
petuel de ces feux , qui épou-
ventent ſi fort , & qui font
tant de dommage à une des
plus belles parties du monde ; comme on peut aſſeurer
qu'eſt la Grece , & cette Iſle
qui fait les delices , & donne la nourriture à preſque toutes les Provinces ſcituées ſur
les bords de la Mer Medi-
terranée.

On trouve auſſi dans l'Iber-
nie de ces montagnes de feu,
avec cette difference pourtant que leurs flames ne font
aucun mal, ce qui fait qu'elles ne ſont point apprehen-
dées des habitans. Il me
ſemble auſſi avoir entendu
dire à mon pere, qu'eſtant
en compagnie de certains
Arabes dans noſtre Licie, il
avoit veu ſortir de la terre
de ces ſortes de feux, mais
qui ſortoient doucement, &
ne cauſoient aucun dommage.

Je ſuis preſentement per-
ſuadé d'une choſe que je
n'avois jamais voulu croire.
Qui eſt que le vieux Pline
s'eſtant mis en teſte de rapporter à l'Empereur Tite,
& de laiſſer à la poſterité,

une relation des effets du
Mont Vefuve, & une con-
noiffance parfaite des caufes
de tant d'effets prodigieux,
il voulut aller luy-même fur
les lieux ; parce qu'en fon
temps cette fameufe montagne avoit jetté une quantité
horrible de feux, de pierres,
& de cendres , avec une fi
grande violence, & des bruits
fi terribles , qu'on en avoit
fenti les effets dans la Sirie,
dans l'Affrique & principalement dans l'Egypte. Mais
la curiofité de ce mal-heureux Philofophe , luy ayant
coufté la vie , les Romains
attendent encore avec fon
retour , la connoiffance des
caufes fecrettes tant d'effets
fi prodigieux.

Songe à ta santé, & évite autant que tu pourras de causer la mort à tes malades, par ta negligence, ou par ton opiniastreté, continuë à m'aimer quoy que je sois éloigné de toy, écris-moy quelquesfois, & sois persuadé que j'auray beau me conformer à la maniere de vivre des étrangers, chez qui je me trouve. Je seray toujours bon Muzulman & fidelle ami.

A Paris le dixiéme de la premiere Lune de 1639.

LETTRE

XXXXII.

AV

VENERABLE MVFTI
Prince de la Religion
des Turcs.

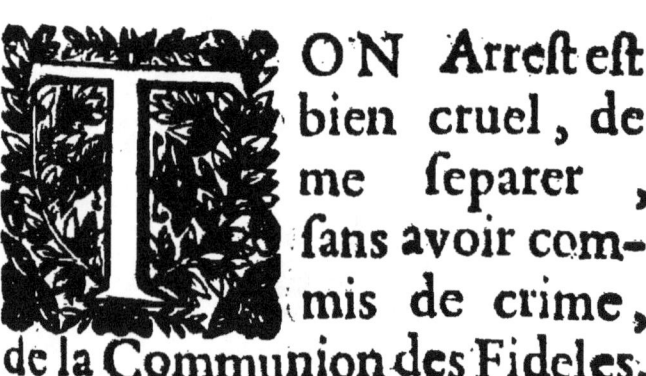

TON Arrest est bien cruel, de me separer, sans avoir commis de crime, de la Communion des Fideles.

J'ay leu la Sainte Réponse
que tu m'as faite, avec un
tres-grand respect, mais ce
n'a pas esté sans verser beaucoup de larmes. Tu n'as pas
délié le nœud des difficultez
qui m'embarrassent, mais tu
l'as rendu indissoluble. Ainsi
je vis seulement dans la seu-
reté de n'avoir aucune certi-
tude, & mon ame qui est
environnée de crainte, aura
peur jusques à la mort.

Si je fais ce que tu me
proposes, comment feray-je
asseuré de ne point faillir,
quand je ne puis comprendre
ce que je dois faire. Je suis si
grossier que je ne puis dé-
méler, si tu m'exhortes, à
faire ce que j'ay toûjours
fait, ou si tu me refuses
ce

ce que je t'ay demandé.

Je te priois de me faire
sçavoir, si je pouvois vivre
dans le commerce des Chrestiens, en faisant en apparence, ce qu'ils font effectivement, pour observer les ce-
remonies ordonnées par leur
Religion, & tu me répons
que le Circoncis, où le Fidelle ne doit avoir aucun
doute dans sa Loy, & qu'il
ne faut point d'autres preceptes pour l'observer que la
Loy même, de plus que le
bon Muzulman doit s'exposer
à perdre les biens, la vie, &
l'honneur pour servir le Sultan
son Souverain; que les Chrestiens sont les ennemis du
vray Dieu, de l'Empereur,
& de la Religion, & enfin

M

qu'on doit tout sacrifier pour
ne point trahir ce Dieu, qui
est nostre premier Maistre.
Dis-moy, je t'en supplie les
genoux en terre, est-il necessaire pour vivre en vray
fidelle, de hair éternellement
les Sectateurs de Jesus ? Et
en vivant parmi eux secrette-
ment en Muzulman, faut-il
affecter de paroistre d'une autre Religion, ou faire sem-
blant de professer celle qu'ils
suivent ? Tu me diras que
l'Alcoran parle avec assez de
clarté, mais combien de pas-
sages obscurs, trouvons-nous
dans les paroles de nostre
grand Prophete, où nous
avons besoin de tes lumieres
pour les entendre.

Je n'ay point de creance

pour Tagot, & je n'ay point de foy au Diable , ma Loy me le deffend expreſſement, je ne croy qu'en un ſeul Dieu, qui a connu l'intention de noſtre S. Legiſlateur, & voit ce que nous ne pouvons penetrer. Et le Prophete s'écrie que celuy qui a de tels principes , s'eſt attaché à l'appuy le plus fort qu'il puiſſe jamais avoir , & que rien ne peut rompre ny renverſer.

Diſſippe S. Homme, autant qu'il eſt en ton pouvoir les tenebres de mon eſprit. Je t'en conjure par le Toutpuiſſant, qui peut faire revenir des chairs vives ſur les os tous ſecs de l'Aſne qui eſt mort il y a un ſiecle. Je ne

M ij

difcontinuë point icy mes
Prieres ordinaires, que je fais
toûjours de la maniere dont
elles me font prefcrites par
la Loy, & toûjours le vifage
tourné du cofté de la Mecque. Quand je jeûne, je ne
mange que le foir, & je continuë mon repas jufques à ce
que l'aurore devançant le
jour me faffe affez diftinguer
les objets, pour diftinguer le
fil noir du fil blanc. Et je
paffe le jour fans prendre aucun aliment, jufques à ce que
l'obfcurité foit fi grande que
je ne puiffe plus diftinguer le
trou d'une éguille. Il eft vray
que je ne fais aucune aumône
aux pauvres, parce que je
doute toûjours, s'il eft permis de faire du bien à des

gens qui prient continuellement Dieu contre nous.

Les Evêques font icy en
grande veneration, ils n'ont
pas une authorité abfoluë ,
parce qu'ils dépendent du
Pape de Rome, & du Roy ;
mais leur jurifdiction eft fort
étenduë ; parce que le Royaume eft plein d'Eglifes, & ces
Eglifes frequentées par des
millions de perfonnes. Ils
portent au col une Croix
d'Or. Ils vivent en public
fort exemplairement, ils font
obligez de fçavoir tous les
points de leur Loy, ils doivent eftre Docteurs, ils font
obligez d'obferver le celibat ;
d'être fobres, d'exercer le droit
d'Hofpitalité, d'être prudents,
irreprehenfibles , fans aucun

defir du bien d'autruy, & ils
doivent bien prendre garde
de ne s'enyvrer pas, & à ne
pas répandre de fang. Leur
habit eft une longue vefte
qui décend jufques à terre,
& qui eft de foye noire, ou
violette. Ils vont peu à pied,
& fe font traifner dans des
Caroffes, pour éviter la fatigue qui les accableroit dans
une Ville, qui paroît la plus
grande du monde : ce que
tu ferois peut-eftre comme
eux fi tu eftois deftiné à eftre
leur Souverain Pontife.

Que le Souverain Maiftre
du monde favorife par fa
mifericorde, ou par un effet
de fa Juftice, l'honneur
ineftimable de te faire baflier
pendant ta vie, fon Tres-

Saint & unique Temple de la Mekque, en compagnie d'Ismaël, & d'Abraham ; afin que tu l'entretiennes nette, fans aucune ordure quelle qu'elle puiſſe eſtre.

A Paris le dixiéme de la premiere Lune de 1639.

LETTRE

XXXXIII.

AU KAIMAKAM.

LEs Armées de France font prefentement en quartier d'hyver, & la Cour penfe prefentement à ce qu'elle doit entreprendre ce printemps. Je ne croy pas t'écrire une fauffe nouvelle, car il eft à croire que la rigueur de l'hy-

ver

ver empeschera qu'on entreprenne aucune chose avant cette saison là.

Tous les courtisans ont les yeux attachez sur trois objets, le Roy, le Dauphin son fils, & le Cardinal de Richelieu, mais ils observent avec plus de soin ce dernier que les deux autres. Cet homme s'est fait des creatures par ses biensfaits, que la reconnoissance, & les nouvelles esperances qu'ils ont, attachent à sa fortune. Il est cependant à croire qu'il a encore plus d'ennemis, à cause du grand credit qu'il a auprès du Prince, & des moyens qu'il a de l'augmenter. Son anti-chambre est toujours remplie de gens, qui aspirent à des emplois, de

II. Partie.   N

ceux qui ont des charges, &
de beaucoup d'autres perfonnes qui ambitionnent d'eftre
témoins de toutes fes actions.
Ceux qui le menacent en fecret augmentent fa fermeté;
fa principale application eft
de fe garantir des dangers où
il eft expofé, & ceux qui ont
plus d'experience du monde
foutiennent que ce Cardinal
en fçait trop pour pouvoir
eftre furpris. Ecoute le reçit
d'une de fes moindres actions,
afin que tu puifles te figurer
les plus grandes, & leur donner le prix qu'elles meritent.
Il y a trois ans qu'on voyoit
toujours dans l'anti-chambre
de ce Miniftre un homme qui
n'eftoit pas encore dans un
âge fort avancé, & qui eftoit

aussi assidu à faire sa cour, qu'il estoit modeste dans ses discours, avec une retenuë pour demander, peu ordinaire à la Cour, & qui souffroit sans se plaindre. Le Cardinal qui pretend lire dans le cœur des hommes, & qui est peut-être le premier du monde dans cet art, fit un jour appeller ce personnage qui avoit souffert avec tant de patience, & luy parla ainsi. *Ie sçay qui tu es, & combien de temps tu as employé à m'observer, & quoy qu'à l'exterieur tu paroisses François, ta longue patience me persuade que tu es né dans un autre climat. Vas t'en à Rome y lasser le flegme des Prê-tres ; si tu fais dans l'antichambre du Pape, ce que tu as fait*

N ij

dans la mienne depuis tant de
temps, je suis persuadé que tu
penetreras dans les secrets les plus
cachez. Pars donc incessamment
pour l'Italie, & vas observer les
actions & les mouvemens de la
Cour la plus sage & la plus dissi-
mulée qui soit dans l'Univers :
ne te découvre jamais à personne, avertis-moy toutes les semaines de ce que tu auras pu découvrir, & des affaires qui pour-
ront venir à ta connoissance,
de cette façon tu me seras utile,
& tu éviteras l'oysiveté. Mon
Secretaire te donnera un chifre,
& mon Thresorier a ordre de te
compter l'argent necessaire pour faire ton voyage, aussi bien que pour
s'entretenir où tu feras ta residence.

Le Cardinal songe à agran-
dir les bornes du Royaume,

& pour cela il consulte ceux de qui il croit pouvoir tirer des lumieres , & pour y reuffir il met tout en usage , presentement que le Roy a sa succession assurée par la naissance d'un Dauphin qui paroist devoir vivre long-temps. On travaille avec beaucoup de soin dans les Arsenaux de Toulon & de Marseille à la construction & au radoub des Vaisseaux & des Galeres , & on croit que les plus grands desseins de ce Ministre sont du costé d'Italie. On m'a raporté qu'il luy estoit échappé de dire que jamais les Romains n'auroient conquis presque tout le monde comme ils l'avoient fait , s'ils ne s'estoient auparavant

rendus Maiftres de l'Italie ;
qu'on voit par l'Hiftoire que
le grand Annibal eut auffi le
deffein, qu'aprés Annibal le
batard d'Alexandre VI. Pape effaya de voir fi un pareil
deffein luy reüffiroit ; mais
que fa fuperbe & fa cruauté
firent avortei tous fes projets,
& qu'il y reüffiroit mieux
qu'Annibal, s'il eftoit affez
heureux pour obtenir une feule chofe, aprés quoy il fe
teut.

Il a une fi grande atten-
tion à tout ce qui fe paffe dans
la Maifon royale & dans le
Royaume qu'il fçait penetrer,
comme il s'en vante, toutes
les penfées, & mefme juf-
qu'aux fonges des Grands,
des Gouverneurs des Provin-

ces , & de ceux qui commandent dans les Places. Il dit qu'il a appris beaucoup de chofes utiles dans les relations qu'on nous donne du Gouvernement des Chinois, qu'il tient d'eux la maniere de fçavoir les chofes les plus difficiles , fans qu'il paroiffe qu'il faffe rien pour cela , & voicy ce qu'il obferve pour gouverner ce Royaume , où les efprits font fi inquiets. Il entretient auprés de tous les Gouverneurs , ou des autres perfonnes qui font prepofées pour executer les ordres du Roy, des hommes qui font à lui feulement, & que nul autre ne connoift , qui fe trouvent dans toute les places veftus comme les perfonnes les plus

abjectes , & qui veillent fans
ceffe à ce qui s'y fait & particulierement aux actions des
Commandans , & puis luy
donnent avis de tout. Il fe
fert de ces mefmes gens auprés des Ambaffadeurs du
Roy fon Maiftre dans les
Cours étrangeres : il porte
toujours fur luy un livre qu'il
appelle l'ame du Cardinal de
Richelieu. Ce livre contient
les deffeins , les interefts, les
pratiques fecretes , & les inclinations de tous les Princes
qui ont du commerce & des
liaifons avec la France, & fur
qui la France a des preten-
fions. Les plus habiles Aftrologues de l'Europe , luy ont
auffi envoyé l'Orofcope de
tous les Rois, & celle de plu-

ſieurs grands hommes avec
les jugemens qu'ils ont fait
de la durée de leur vie, & de ce
qu'ils pourront entreprendre
dans tous les temps. Ce Cardinal dit encore une autrefois
qu'il entretenoit beaucoup de
courriers, mais qu'il pourroit
s'en paſſer : qu'il ſçavoit ce
qui ſe paſſoit dans les lieux
éloignez auſſi-toſt que ce qui
ſe faiſoit auprés de luy , & il
s'avança une fois d'aſſeurer
qu'il avoit ſçeu en moins de
deux heures que le Roy d'Angleterre avoit ſigné l'Arreſt
de mort d'un ... ſi cette particularité eſt veritable , il faut
que ce Miniſtre ſoit plu.
qu'un homme. Ceux qui ce-
pendant ſacrifient à cette Idole, veulent qu'il ait dans un

lieu fecret de fon cabinet une
certaine figure Mathematique dans le contour de laquelle font écrites toutes les lettres de l'Alphabet des Chreftiens , armée d'un dard qui
marque les lettres , qui font
de mefme marquées par fes
correfpondants , & il paroiſt
que ce dard fe meure par la
fimpatie d'une pierre que ceux
qui donnent & reçoivent fes
avis ont toujours auprés d'eux,
qui a efté feparée d'une autre que le Cardinal a toujours auprés de luy : & on fou-
tient qu'avec un pareil in-
ftrument , il donne & reçoit
promptement des avis. Ce
Grand homme qui fçait tous
ces bruits ne fait que s'en
mocquer : il dit pourtant avec

un air fort ferieux que Dieu luy a donné deux Anges un blanc, & l'autre noir, pour luy apprendre les chofes bonnes & mauvaifes, & qu'avec leur fecours il détruira les cabales de fes ennemis : il condamna ces jours paffez aux Galeres un homme qui eftoit accufé d'avoir mis en pieces le Portrait du Roy ; mais ayant efté mieux informé, & fçeu que c'eftoit le fien, il dit à ceux qui fe trouverent auprés de luy qu'il falloit pardonner à ce miferable, parce qu'il n'avoit point fait de mal à l'original. On prepare des Theatres & des Feftes pour réjoüir le Peuple, & pour comble de bon-heur au Roy & au Royaume, & au Car-

dinal mefme , on dit fourde-
ment que la Reine eft encore
groffe.

Que le Ciel te preferve
toujours de la colere du Sultan , & de tous les mal-heurs
qui peuvent traverfer ta vie.

A Paris le vingt-cinquiéme de
la premiere Lune de 1639.

LETTRE

XXXXIV.

A EGRI BOYNOU
Eunuque blanc.

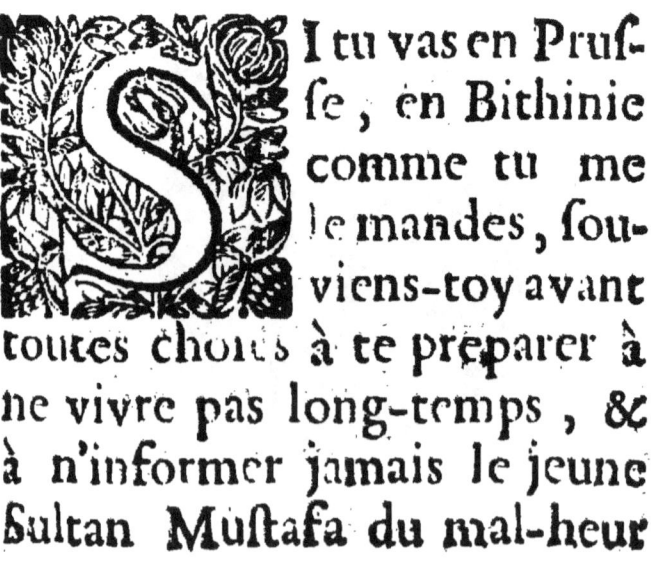

S I tu vas en Pruſ-
ſe, en Bithinie
comme tu me
le mandes, ſou-
viens-toy avant
toutes choſes à te préparer à
ne vivre pas long-temps, &
à n'informer jamais le jeune
Sultan Muſtafa du mal-heur

du petit fils du grand Soliman & fils du pauvre B. jazet
que son ayeul fit étrangler
dans son enfance. Ce lieu
mal-heureux me fait apprehender pour ta vie , & pour
celle du Prince , dont on te
confie la garde , & l'éduca-
tion. Je ne puis m'empescher
de pleurer toutes les fois que
je pense à ce que firent en
cette occasion la victime &
le bourreau qui la devoit im-
moler. Tu m'as dit toy-mê-
me que ce mal-heureux en-
fant embrassa plusieurs fois,
& baisa celuy qui luy devoit
donner la mort au moment
qu'il luy mettoit au col le
cordon de soye qui le devoit
étrangler. Toute l'Asie est
informée du reste de l'Histoi-

re : & on fçait que cet enfant quoy qu'il ait eſté étranglé , triompha en mourant
de ſon meurtrier, parce qu'é-
tant attendri par les careſſes
de cette victime innocente.
qu'il alloit ſacrifier : il s'éva-
noüit , & le fils de Bajazet
auroit évité la mort en cette
occaſion, ſi un autre boureau
plus cruel ne luy avoit pas
oſté la vie.

Quoyque tu ne ſçaches pas
aſſurement qui eſt le Pere
de Muſtafa, tu dois preſumer
qu'il eſt fils de l'Empereur.
Ta vieilleſſe & ta prudence
éprouvée ſi long-temps , & la
charge de Chef de tous les
Eunuques de l'Empire dont
tu as joui , ne laiſſe aucun
lieu de douter que ton pupil-

le foit du fang Ottoman. Ar-
me-toy donc de courage en
allant en Pruze, & étudie-
toy à bien remplir tes devoirs
dans ce lieu folitaire, & tu
n'auras pas une peine mediocre, rien n'eft fi difficile que
da'pprendre à vivre aux enfa s
des Grands, quand ils veulent eftre enfeignez comme
des maiftres par leurs Efclaves, & qu'ils ne veulent pas
fe mettre dans l'eftat des particuliers.

Tu peux compter que je te
rendray tout le fervice que je
pourray, puis que je te con-
fidere comme un ami qui m'eft
extremement cher:mais pourquoy cherches-tu chez les
Chreftiens un fujet illuftre
qui ferve de modelle pour
former

former un enfant né dans la Religion des Musulmans? En verité, si je ne connoissois ta sagesse, je dirois que tu es bien simple de vouloir trouver parmi les ennemis de nostre sainte Loy des exemples pour donner à suivre aux enfans des Ottomans. Tu as choisi pour ce modelle Henry de France qu'on appelle le Grand, & ne sçais-tu pas que ce Roy si fameux a esté le plus grand & le plus redoutable ennemi qu'ayent eu les Empereurs & l'Empire : qu'il te suffise de sçavoir que ce Prince fit la plus dangereuse & la plus hardie entreprise qu'on ait jamais imaginée, pour détruire la Monarchie des Musulmans, & qui auroit in-

failliblement reüffi, fi le Ciel
par un coup fubit & impreveu
ne l'avoit ravi de la terre,
pour paroiftre devant le Tribunal du vray Dieu, qui juge également les hommes &
les Rois. Mais afin que tu ne
t'imagines pas que je ne te
dis cecy que pour me deffendre de t'apprendre ce que tu
as envie de fçavoir, ou parce que je ne puis pas t'en
donner de connoiflance, reçois une partie au moins de
ce que tu demandes, s'il ne
m'eft pas poffible de te donner tout. Tu veux que je
t'envoye l'Hiftoire de ce Prince, contente-toy d'en avoir
un extrait, il faudroit que je
t'écrivifle un volume entier, fi
je voulois te faire le narré de

tant d'actions d'Henry le grand : & comme je ne m'en rapporte pas entierement à ce qu'on en a écrit & publié , il suffira que tu sois informé de ses faits principaux , & particulierement de ceux dont on ne doute point. Ne te sers pourtant pas de son exemple en toutes choses , la maniere de vivre, les loix & les coutumes des François ne conviennent pas entierement à la maniere de vivre & de regner des Turcs. Si tu veux rendre ton pupille un homme parfait, forme-le aussi sur le modelle de quelqu'un de ces Heros que l'Orient nous a donnez. Mustafa lira avec plus d'utilité l'Histoire d'Alexandre & de Pirrus que cel-

le de Charlemagne & d'Henry : & si l'on s'étonne qu'on
trouve des deffauts dans le
fils du Roy de Macedoine,
& peu de fortune dans l'autre : dis-moy qui sont les hommes qui ont eu en mesme
temps la foiblesse inseparable
de la nature humaine, & en
mesme temps la vertu d'un
Dieu.

Si tu veux chercher dans
la Perse & dans l'Egypte tu
trouveras un Cirus & un Ar-
taxerxe, Ptolomée Filadefle,
Sammeticus, Campson &
Tomombeis tous grands Princes, dont les actions honno-
rent l'antiquité : & combien
de Heros trouveras-tu dans
nostre Grece, si tu ne veux
pas faire mention de ceux que

Rome a donnez au monde
pour le soumettre? mais sans
sortir de la maison des Ottomans tu sçais bien que nous
autres Turcs avons pour pro-
verbes la modestie de Soliman, la bonne mine d'Alis,
la justice de Nonquirevan, la
Majesté d'Osman, la gravité de Humer, & la justice
d'Abubekir, sans parler du
courage & de la magnanimité
d'Amurat qui est aujourd'huy
fort au dessus de tous les autres, soit qu'il soit dans son
Serrail de Constantinople,
ou dans ses tantes devant Babilone.

Il y a dix jours que j'ay receu ta lettre, & j'ay employé
une bonne partie de ce temps-
là pour executer ce que tu as

fouhaitté de moy , & s'il faut
t'avoüer le vray ta commiffion
m'a fourni de quoy me divertir. Tu feras fans doute furpris que deux hommes qui ont
fervi long-temps ce Roy Henry dans des emplois aflez bas,
m'ayent découvert plufieurs
chofes tres-particulieres de fa
vie , que les François mefme
ne fçavent peut-eftre pas.
Mon fentiment a toujours été
qu'il eftoit plus neceffaire de
connoître les mœurs & les coutumes des hommes , que de
fçavoir le nombre des places
qu'ils ont prifes ou affiegées,
& d'eftre inftruit de leurs bonnes qualitez & de leurs vices ,
que d'eftre informé de la maniere qu'ils font leurs cam-
pemens, & de fçavoir le nom-

bre des batailles qu'ils ont ,
ou gagnées , ou perduës. Toutes les Hiſtoires contiennent
les actions des hommes , &
le principal eſt de connoiſtre
ces hommes pour inſtruire les
autres , car les Hiſtoires ſouvent ſervent plus à divertir ,
qu'elles ne fourniſſent de matieres d'inſtructions.

Ceux - cy ſçauront donc
mieux te dire ce que tu dois
apprendre que les Hiſtoriens
meſme. Les Autheurs Chre-
tiens ſont à preſent comme
les élemens : ils ſe font toujours la guerre : ils ſont toujours contraires les uns aux
autres , & jamais ils ne s'ac-
cordent. Ces deux amis dont
je t'ay parlé cy-deſſus qui ſont
devenus fort vieux , ont ſer-

vi plus de trente ans le Roy
Henry , & ont toujours eu
une étroite liaison ensemble.
L'un faisoit la barbe du Prince , & l'autre le divertissoit en
luy lisant en particulier les
Annales de France , lorsqu'il
cherchoit du repos , & qu'il
vouloit pourtant éviter l'oisi-
veté.

C'est une Fable que ce
qu'on raconte qu'Henry vint
au monde sans pleurer ; mais
il est vray que la Reine de
Navarre sa mere chantoit une
chanson françoise en accou-
chant de luy , & il paroissoit
que cette Princesse voulust
apprendre aux autres femmes
qu'on peut enfanter une fois
sans douleur. Le premier lait
que gousta ce royal enfant ,
fut

fut une ambrolie que les
Dieux de noftre ami le Poëte Oglou n'eſſayerent jamais.
Son pere luy fit boire dans
une taſſe d'or le vin le plus
fort qu'on put trouver, où
il écraſa une teſte d'ail,
ce qu'il crut propre a fortifier
ſon temperament, & le rendre plus vigoureux. Il fut en-
ſuitte élevé comme Cirus, &
paſſa ſes premiers jours dans
dans les bois, & ſouvent dans
la compagnie des bergers. Il
avoit toujours la teſte nuë,
ſoit qu'il fuſt expoſé au Soleil
le plus ardent de l'eſté, ou
pendant l'hiver à la pluye, &
aux froids les plus rigoureux.
Il ſemble qu'il ait commencé
ſa vie par la priſon, parce
qu'il eſtoit enfermé à la cam-

II. Partie.   P

pagne, éloigné de tout commerce, veſtu de groſſe bure pour accouſtmer ſon corps à la fatigue, & plier ſon eſprit aux accidents de la fortune.

Il n'avoit que neuf ans, quand il perdit ſon pere Antoine Roy de Navarre. La mort de ce Prince pourra ſervir de leçon à Muſtafa : apprens qu'ayant eſté bleſſé à mort au Siege d'une place conſiderable il fit rompre la muraille de la chambre où il couchoit, pour ſe faire porter dans ſon propre lit tout mourant qu'il eſtoit comme en triomphe dans la Ville; mal incurable des Grands qui ne ſe dépoüillent de l'ambition, que lors qu'ils ſe dépoüillent de la vie ! Sept ans après la mort d'Antoine le jeune Henry fut déclaré Chef & Deffenseur d'une nouvelle Secte d'heretiques qui s'éleva parmi les Chrestiens, dont la France a esté long-temps tourmentée ; & ce qui a coûté beaucoup de peines à son Deffenseur mesme. Et à dix-huit ans il fut present à une bataille ; mais on ne sçait pas bien s'il y combatit. La fortune luy fut si contraire dans ces commencemens, qu'ayant perdu la bataille, il fut obligé de fuir six mois entiers avec le reste de son armée, & de traverser presque toutes les Provinces du Royaume, sans jamais prendre de repos de crainte d'estre surpris. Tu n'as jamais oüi dire qu'aucun autre Capitaine avant luy ait fait une fuite qui ait autant duré , ny qu'un Prince euft gafté les fondemens d'une grande reputation de valeur fur les apparences d'autant de foibleffe. La Reine fa mere femme d'un courage viril & d'une fermeté merveilleufe mourut empoifonnée par une paire de gans où un fcelerat venu depuis peu de Perfe, avoit meflé avec les parfums, les poifons les plus violents. A dix-neuf ans il fe maria avec la fœur du Roy qui regnoit en ce temps - là appellé Charles IX. & jamais nopces ne furent accompagnées de fi fanglantes tragedies. J'auray beaucoup de peine à te contenter , & tu en auras beaucoup à croire

l'horrible maſſacre d'Huguenots, dont le deſſein fut formé
ſecretemét pendant les nopces
de Henry, & executé ſix jours
aprés en plain midi. On dit
qu'en une ſeule journée toute
la France fut couverte du ſang
de ces miſerables, & qu'on
en égorgea pour le moins
cent mille, parmi leſquels il
y avoit vingt Seigneurs de fort
grande conſideration avec le
grand Amiral du Royaume,
& pour le moins quatre mille
ſoldats qu'on maſſacra dans
Paris. Henry ne perit pas
dans ce jour mal-heureux;
mais il fut bien prés de la mort,
& le Roy l'ayant appellé auprés de luy, luy parla de la
ſorte avec un ton de voix, &
un viſage terrible. Henry tu

es vivant , parce que je t'ay
voulu épargner , mais je ne
t'épargneray point, si tu per-
sistes dans ton herefie : refous-
toy à l'un des deux partis, ou
à la mort , ou à la Meffe. Si
tu ne fçais pas ce que c'eft
que la Meffe , je te l'apprendray dans une autre lettre. Ce
Prince prit le parti de la Meffe que le Roy luy propofoit
pour éviter la mort , & abju-
ra publiquement la Religion
qu'il profeffoit. Ces deux vieillards difent que la Cour de
Neron ou celle de Caligula
ne furent jamais fi corrompuës
que celle de France l'eftoit a-
lors. Et qu'on voyoit en vogue
un grand nombre de boufons :
qu'il y avoit des débauches
monftrucufes: qu'on ne parloit

que de magie, que de poifon,
que d'aflaſſinats, que d'impietez, que toutes fortes de crimes demeuroient impunis, &
qu'enfin toutes les loix & toute
la difcpline eſtoient renver-
fées. On ne ſçait ſi le Roy de
Navarre reprit fa premiere Religion, ou par politique, ou par
la trop grande corruption qu'il
voyoit parmi les Catholiques;
mais il retourna quelque
temps aprés parmi les Hu-
guenots, & il y fut ſi ob-
ſtinément attaché qu'ayant
veſcu pluſieurs années dans
cette Secte, il fallut qu'il ſe fiſt
une plus grande violence, &
pour joüir paiſiblement du
Royaume de France, il fallut s'accommoder avec le Pape de Rome, & faire une au-

P iiij

trefois prof ffion ouverte de
la Religion Catholique.

Il n'y a jamais eu de Prince qui ait tant aimé les femmes que luy. Il a aimé tout
le temps de fa vie , & on remarquoit en fa pesfonne deux
natures toutes différentes. Un
courage invincible à la guerre , & parmi les femmes une
tendreff qui luy a fouvent
fait verfer des larmes. Il a eu
des foiblesses plus grandes
qu'Hercule , & il s'en vantoit.
Il appella en duel le plus brave homme de fon temps, qui
eftoit le Duc de Guife , mais
le Roy interpofa fon authorité pour empefcher le combat.
Cette couftume des François
eft tres-blamable , ils vuident
leurs moindres differents dans

des combats finguliers avec
l'épée, pluftoft que les plus
confiderables qu'ils abandonnent d'ordinaire à la decifion
des Juges, ce qui eft une
pefte dans une République
bien policée, qui ne s'abolira
peut-eftre jamais en France.

Ce mefme Roy fit une ac-
tion pendant fa jeuneffe que
nos Dervis auroient mife affeurement dans leurs regiftres
comme tres fainte. Un jour
qu'il devoit donner une bataille eftant à cheval au milieu
de fon armée, il fit une reparation publique à une jeune
fille qu'il avoit defflorée, &
parla en ces termes.

*J'ay forcé cette fille que vous
voyez! Soldats, je me fuis fervi
même de menaces pour luy arracher*

ce qu'elle ne pourra jamais recou-
vrer. Oubliez Soldats, un si mau-
vais exemple, & toy femme choisis
toy un mari, & reçoy de moy le dot
que je te dois pour la réparation de
mon crime & de ton mal-heur.

Il parut qu'une action si loüa-
ble étoit approuvé du Ciel, &
il est certain qu'ayant donné
aussitost apres le combat, il def-
fit une armée tres-puissante a-
vec un tres-petit corps de troupes.

Les Dames qui avoient part
à la tendresse d'Henry, s'in-
teressoient aussi beaucoup aux
affaires de la Guerre, où ce
Prince fut toûjours Chef du
Party des heretiques, & elles
donnerent lieu à un Proverbe qui a duré long-temps.
Comme il y en avoit qui

estoient d'avis qu'on fist la
Paix, & que d'autres conseil-
loient la Guerre ; cette Guerre fut appellée la Guerre des
Dames. Ce Prince se trou-
voit si souvent dans les Combats, qu'on peut avancer que
personne n'a encore approché
de luy, & nous ne voyons
point qu'un autre avant luy
se soit trouvé en un seul jour
à deux Batailles dont il soit
sorty victorieux.

Le Roy Charles IX. estant
mort pendant ce temps-là,
la Reyne Mere rappella en
diligence son autre Fils, qui
avoit esté éleu quelques mois
auparavant Roy de Pologne,
par la mort de Sigismond Auguste. On dit que le succes-
seur de Charles ayant esté a-

verty de la mort du Roy fon
frere s'enfuit la nuit de Cra-
covie avec deux hommes feulement qui eftoient fes confidens , & fe retira à Venife,
& on veut que les courtifan-
nes de cette Ville fameufe
ayent affeuré la Couronne à
noftre Henry , parce qu'ayant
efté infecté de ce mal que les
François apellent de Naple,
& que les autres Nations nom-
ment la maladie françoife ; il
devint incapable d'avoir des
enfans qui perpetuaffent la
Couronne dans la branche
des Valois. Apres fa mort
qui fut violente & qui fut le
crime d'un Dervife Chré-
tien. Henry III. mort fans
heritier, & fon Thrône eftant
attaqué par differends preten-

dants· Henry à qui feul la
naiflance y donnoit un legitime droit s'en rendit le Maiftre par fa perfeverance , fes
fatigues dans les Guerres , &
fon courage qui luy fit vaincre
tous les obftacles. Il foutint
fon droit avec valeur qui eftoit
le feul legitime , il le défen-
dit auffi avec beaucoup de
fageffe , mais quoy qu'il fe
gouvernaft en tout avec prudence , on peut dire qu'il
deût à fon gand cœur fes plus
grands fuccez. Il eût quelque-
fois du défavantage , mais il
fortit le plus fouvent Victorieux de tous les combats ,
& on remarquoit qu'il eftoit
plus fuperbe apres les batailles gagnées , parce qu'il avoit
auparavant paru extraordi-

nairement familier avec les
Soldats qui l'aydoient à les
remporter. Il alloit souvent
dans ses escuries visiter ses chevaux, & il a souvent dormi parmy ces animaux qu'il apelloit
ses plus fidelles courtisans.
Quelque difficille que fust le
chemin qui le devoit mener
au Thrône, il ne se rebuta
point, & les difficultez ne firent qu'augmenter son courage, pour empêcher qu'un
autre ne s'en rendist le maistre. On vit les Espagnols
Liguez avec ses ennemis,
& luy seul sans autre secours
que de quelques troupes fidelles, & aguerries mit le
Siege devant Paris, qui a
esté le plus fameux dont on
ait entendu parler depuis ce-

luy de Jerufalem par Titus.
Il reduifit les habitans de cette Capitale du Royaume, à
vivre des mets les plus abjects
qu'on puiffe imaginer apres
qu'on eut confommé les rats,
les fouris, les chiens & les
chats, qui furent pendant
quelques jours les délices des
plus riches & des plus déli-
cats. Il leva le Siege & il le
remit : Il donna vainement,
mais fans fe rebuter plufieurs
affauts & à la fin il s'accom-
moda avec le Prince qui commande à tous les Preftres parmy les Chreftiens Catholiques, & il renonça une autre fois à l'herefie dont il é-
toit infecté, & qui fervoit de
pretexte à fes ennemis. Il fut
facré comme fes autres pro-

deceſſeurs : Il commença à gouverner ſon Royaume, ruï-né par tant de guerres, tant de pillages & de concuſſions fai-tes par toutes ſortes de gens, & il le repara tellement par ſon bon gouvernement qu'il fut bien-toſt en eſtat de ſon-ger à l'embellir. Il y fit bâtir des ponts magnifiques, il y éleva de ſuperbes édifices, & il n'oublia rien pour reſtablir la diſcipline dans un eſtat où la licence regnoit depuis prés d'un ſiecle, non plus que pour rendre ſes ſujets heureux.

Mais ce que ce Roy vou-loit faire contre nous auſſi-toſt qu'il fut monté ſur le thrô-ne, te paroiſtra épouvanta-ble au même temps qu'il te donnera de l'admiration. Dés qu'il

qu'il eut fait une paix paix
generale avec tous ſes ennemis. Comme il avoit le courage fort élevé , il jetta les
fondemens du deſſein le plus
heroïque que jamais homme
ait formé : & en cela il ne ce-
doit ny au premier des Ceſars
ny au Conquerant de l'Aſie.

Il entreprit de renverſer
tout l'ordre des Monarchies
de la terre , & de faire prendre
une nouvelle face à toutes les
affaires du monde , pour de-
ſtruire en peu de temps l'Empire des Ottomans. Mais avant
que de commencer une ſi grande entrepriſe il voulut payer
toutes les debtes de la Couronne , & les ſiennes propres,
qui montoient toutes en ſemble à pres de cent millions.

Q

& ce fut une chofe prodi-
gieufe de pouvoir trouver tant
d'argent fans vendre le Royaume , ou fans engager les peuples , & il eft vray que cet argent fe trouva & que les debtes furent payées.

Il vouloit divifer la Chreftienté en quinze dominations
égales , cinq defquelles o-
beiffent à des Roys fucceffifs,
fix à des Roys électifs , & les
quatre autres fuffent des Republiques.

Par ce partage on laiffoit au
Pape les terres de l'Eglife &
on y adjoûtoit le Royaume de
Naple avec l'hommage de la
Sicile , & de la plus grande
partie de l'Italie mife en Republique , avec obligation de
donner au Pape tous les ans

un crucifix d'or & quatre mille fequins. Il n'y avoit que
Venife qu'on laiffoit dans l'é-
tat qu'elle eft, avec fes loix,
& fes coutumes. Mais on donnoit à cette Republique des
Royaumes & des Ifles à prendre
fur nous, dans l'Archipelage
avec un hommage au Ponti-
fe de Rome, d'une ambaffade
pour luy baifer les pieds, & de
vingt-cinq ans en vingt-cinq
ans une petite ftatuë d'or, re-
prefentant faint Pierre qu'ils
appellent le premier Vicaire
de leur Dieu crucifié.

La Flandre auroit fait une
Republique avec le refte des
païs bas Proteftans, ce qui auroit efté une perte pour les Efpagnols & on auroit encore a-
joûté à cette Republique quel-

ques-uns des Estats voisins.

On adjoûtoit à l'Estat De-
mocratique des Suisses la Fran-
che Comté, l'Alsace, le Ti-
rol, & Trante, avec l'hommage de quinze en quinze-
ans d'un Chien de Chasse attaché d'une chaine d'or, que
cette Republique auroit rendu
à l'Empereur d'Allemagne.

Cet Empereur auroit esté
obligé de renoncer à l'agran-
dissement de sa maison, & il
auroit pû seulement disposer
des fiefs vacants, dont il n'auroit pû donner l'investiture à
aucun de ses parants, & il y auroit eu une loy observée in-
violablement dans l'Empire,
que jamais deux Princes de
la même race n'auroient pû
avoir consecutivement la Cou

ronne Imperiale, pour empêcher qu'elle ne se perpetuast
dans les familles.

On devoit joindre le Du-
ché de Milan aux autres Provinces du Duc de Savoye &
luy donner le tiltre de Roy de
Lombardie.

On auroit accreû le Royaume d'Hongrie des Principau-
tez de Transilvanie, de Valachie & de Moldavie : & le
Roy qui auroit esté électif,
auroit été eleû par les suffrages
du Pape, de l'Empereur d'Allemagne, du Roy de France,
de ceux d'Angleterre, d'Espagne, de Suede, de Polo-
gne & de Dannemark & la
Boëme auroient esté soûmise
aux mesmes loix.

La France, l'Angleterre,

l'Eſpagne, la Pologne, la Suede
& le Dannemark n'auroient
point changé la forme de
leur gouvernement , lors que
pour les affaires generales ,
ces Royaumes auroient eſté
ſujets à la Republique univer-
ſelle dont le Pape ſeroit le
Chef.

Les choſes ainſi eſtablies ,
Henry devoit eſtre le Cen-
ſeur de toute la Chreſtienté,
parce qu'il devoit juger de
tous les differents qui pouvoient ſurvenir entre les Princes & Eſtats ſuſdits , avec
quinze perſonnes choiſies parmy les plus celebres dans les
lettres & dans la guerre ,
qui ſe puſſent trouver dans
ces quinze dominations, & outre cela on devoit encore eſta-

blir un grand conseil composé
de soixante autres personnes,
pour tous les démeslez qui
pourroient survenir dans les
Royaumes, & Republiques,
entre ceux quiles gouverne-
roient, & cettegrande compagnie devoit faire sa residance
dans la Capitale du monde
Chrestien qui est Rome.

Chaque Estat auroit esté
obligé de fournir un nombre
de troupes & une somme de
deniers pour faire la guerre à
l'Empire Turc, & l'em-
ploy de la Pologne & de la
Suede, auroit esté de faire la
guerre ensemble à la Moscovie & aux Tartares. On devoit
ensuite pour conquerir l'Asie
créer du cõsentement de tous,
trois Generaux d'Armée, un

pour la mer, & deux pour la
terre, & entretenir trois cent
mille hommes de pied avec
cent cinquante mille chevaux,
& quatre cent pieces de canon, & l'armée navalle-de-
voit estre composée de cent
cinquante Vaisseaux & de cent
galeres ; & on auroit fait un
fond de cent millions d'or,
pour entretenir des forces si
considerables.

On avoit resolu de mettre
le Thresor à Rome entre les
mains du Pape. L'Isle de Malte devoit estre le magasin des
choses necessaires à la mer, le
port de Messine l'Arsenal pour
les Galeres, & à la Ville de
Metz devoit estre un des principaux magasins des armées
de terre.

Tous

Tous les Princes Chrestiens se seroient obligez à reformer leurs dépenses, & de contribuer à un si grand dessein chacun suivant ses forces & ses revenus.

Il y auroit eu plusieurs Espions dans Constantinople habillez en Grecs, qui auroient sçeu parfaitement les langues Orientales, pour observer les mouvemens qu'on auroit fait dans nostre Empire ; & il y auroit eu outre cela quarante hommes fort resolus qui devoient en un certain temps, & à un signal qu'on leur auroit donné, mettre le feu au serail, à l'Arsenal, & à plusieurs quartiers de la Ville.

On trouva dans le cabinet

II. Partie.   ·   R

de ce Heros aprés sa mort, un memoire écrit de sa main, où il avoit déja marqué douze Ambassadeurs extraordinaires pour aller dans plusieurs lieux de la Chrestienté negocier une si grande affaire, & le Pape, la République de Venise, & le Duc de Savoye en estoient déja informez, & devoient favoriser une si belle entreprise.

Cependant ce puissant Roy se trouvoit une armée toute faite de quarante mil hommes de pied avec huit mil chevaux, & il devoit sous pretexte de visiter la Frontiere de Flandre commencer par là l'execution de son projet; mais il asseuroit qu'il n'avoit pour luy autre pretention que la gloire de délivrer la Chreſtienté de la tirannie des barbares.

On dit qu'il s'appliqua pendant dix ans à chercher les moyens de faire reuſſir une pareille entrepriſe : il donnoit à Rome de groſſes penſions à des Cardinaux , & en Allemagne à pluſieurs Capitaines : & il avoit en France , outre les troupes dont j'ay parlé cy-deſſus , quatre mille Gentils-hommes qui luy eſtoient tellement dévoüez qu'ils eſtoient preſts à monter à cheval au moindre ordre qu'ils auroient receu de luy.

Il avoit déja quinze millions dans le Chaſteau de la Baſtille , & celuy qui eſtoit prepoſé au Gouvernement de ſes finances luy promettoit d'y

R ij

adjoûter en moins de trois ans quarante autre millions fans toucher aux revenus ordinaires.

Je n'ay point eu de connoiffance de la maniere dont il vouloit feparer les Etats du Sultan. Mais Henry fut affaffiné , lors qu'il eftoit preft à fortir de Paris pour commencer un fi grand ouvrage : il fut tué dans fon caroffe entre les bras de fes plus fidelles courtifans , & le coup fatal qui l'ofta du monde délivra l'Empire des veritables croyans : cet Empire dont le Throfne eft fi élevé qu'il touche le premier Ciel d'où il épouvante tous les infidelles, & garantit les bons Muzulmans des infultes que leur vouloit

faire le Monarque des François , que tant de vertus heroïques font regarder avec admiration par fes ennemis mê-
mes , & pour la memoire de
qui j'auray toujours une grande veneration.

Un de ces vieillards dont
je t'ay parlé m'a affeuré qu'il
avoit entendu tenir à ce Roy
le difcours fuivant quelques
jours avant fa mort. *Ie ne
fortiray jamais de cette ville , je
ne fçay qui me retient , je ne
donneray jamais la paix à la
Chreftienté , je ne verray point la
deftruction de Conftantinople , ni
l'embrafement de la Me que , &
ces Aftrologues ignorans ont encore eu la hardieffe de dire que
je feray affaffiné dans un careffe.
Ce fera donc une neceffité pour moy*

*d'aller toujours à pied, & de ne
sortir jamais de Paris.*

Telle fut la fin de ce Prince qui est en si grande veneration parmi les François : c'é-
toit veritablement un homme
d'un grand courage, & d'une
grande penetration, & d'autant plus grande qu'il a toujours regardé parmi les choses les plus difficiles qui se
puissent imaginer au monde,
la destruction de la puissan-
ce des Turcs. Si nous voulons avoüer le vray, jamais
aucun autre Prince n'avoit
fait un si grand honneur à Ma-
hommet ni à ses successeurs,
que luy en a fait Henry, qui
ne s'estant pas trouvé des forces suffisantes pour attaquer
& destruire l'Empire des Ot-

tomans, inventa une chimere pour tâcher à trouver de la possibilité dans une chose qui a paru toujours impossible.

Dans le moment que je t'écris je reçoy la nouvelle certaine de ma chute. Si je ne perds pas cette fois-cy la vie dans Paris : je seray peut-être plus heureux, & je trouveray le moyen de mieux servir nôtre grand Empereur, dont la clemence égale la grandeur & qui est au dessus de toutes les puissances de l'Univers. Le Cardinal de Richelieu me vient d'envoyer ordre de l'aler trouver ; je finis même cette lettre à la haste, qui sera peut-estre la derniere que j'écriray, craignant fort d'avoir esté dé-

couvert & trahi. Si ma peur
eft vaine je t'apprendray par
une autre dépêche les évenemens les plus confiderables &
les plus finguliers de la vie
de Henry : cependant je fuis
tout refolu , & difpofé à fouffrir le martire. Si je meurs ,
mon cher Egri , nous nous reverrons dans l'autre monde ,
s'il eft vray que nous y aurons
des yeux , & que nous y garde-
rons le reffouvenir de ce qui
s'eft paffé dans celuy-cy , &
nous nous y reverrons pour
y continuer noftre amitié.
Prie le grand Dieu pour Mahmut , & conferve ta fanté.

A Paris le 25. de la premiere
Lune de 1639.

LETTRE

XXXXV.

A

L'Invincible Visir Azem,
au Camp sous Babilone.

 E Cardinal de
Richelieu m'a
fait venir en sa
presence, & ce-
pendant je vis
encore. Il n'a rien entrepris

contre ma vie, ni contre ma liberté : il m'a fait le mefme honneur qu'il a accouftumé de faire aux Ecclefiaftiques : il croit que je fuis de Moldavie : il m'appelle Tite & il n'a point découvert qui je fuis. Il femble au contraire qu'il ait envie de me traitter encore mieux, fuppofant que je hay fort les Turcs, & peut-être tireray-je quelque prefent de luy pour luy avoir déja fervi d'interprete. Je te diray Invincible Vifir ce qui s'eft paffé entre luy & moy fans craindre de t'eftre ennuyeux, je te fers fidellement, & je te donne mes avis aufli promptement qu'il eft poffible.

Aufli-toft que je fus dans

son cabinet, il me parla de
la sorte. Tite que fais-tu dans
Paris ? quelles affaires as-tu
dans cette Ville, & quel est
veritablement ton Pays ? Je
luy répondis que j'estois un
pauvre Clerc de Moldavie,
que j'estois venu pour étu-
dier en Theologie, & puis
me faire Prestre, que je ne
voyois pas de meilleure esco-
le pour devenir docte & sage,
& qu'au surplus je sacrifierois
de bon cœur toutes choses
pour luy rendre service. Il
me demanda ensuite si je sça-
vois quelque langue Orienta-
le, & si j'avois esté à Constantinople, j'ay esté dans cette
grande Ville dés ma plus tendre enfance, luy respondis-je,
mon pere & ma mere y es-

toient dans l'esclavage : mon
pere mort, ma mere s'est re-
mariée à un Chrestien Grec :
je sçay l'Arable & le Turc,
& je sçay aussi parfaitement
le Grec des Sçavans. Que
veut dire le Grec des Sçavans, reprit le Cardinal ? il
est different du Grec vulgaire, luy repliquay-je qui est si
corrompu, que les gens doc-
tes ne veulent point se donner la peine de l'entendre. Il
me commanda ensuitte d'entrer dans un petit cabinet où
il me dit que je trouverois un
de ses Secretaires qui me prie-
roit de quelque chose ; aussi-
tost que j'y fus entré, le Secretaire me presenta un Manuscrit Turc pour le traduire
en Latin, ou en Italien, si

je ne le pouvois pas faire en
François. Je traduifis auffi-
toft cet écrit en Latin , & je
vais te dire ce qu'il contenoit
tres fage Miniftre & Gouverneur du grand Empire des veritables fidelles.

Les Dervis Chreftiens ,
qu'on appelle en France Cordelliers , gardent comme tu
fçais dans Jerufalem le tombeau de leur Meffie par un
privilege que Zelim conquerant de la Paleftine leur a accordé. Ces Religieux n'ont
ni Paix ni Treve avec les
Chreftiens Grecs , & ils ont
enfemble des differents qui
font dommageables à tous ;
ils fe perfecutent fans ceffe ,
ils s'écrivent mille injures , &
font courir des fatires infolen-

tes des uns & des autres. Chaque parti fait de mauvais ra-
port à son Superieur de celuy
qui luy est opposé , & mesle
parmi quelques veritez beaucoup de mensonges tres ab-
surdes. Mais il me paroist que
les Grecs qui aiment naturel-
lement les cabales , & qui
ont la réputation d'estre de
grands faiseurs de Fables ,
sont plus habiles que leurs
parties à inventer des moyens
de leur nuire.

Les Dervis Chrestiens ont
representé beaucoup de choses à ce Cardinal , pour au-
thoriser leurs pretentions contre les Grecs par l'organe de
l'Ambassadeur du Roy des
François residant auprès de
l'heureuse porte de l'Empe-

reur du monde. Ils reprochent non seulement beaucoup d'injustices aux Grecs & beaucoup de concuffions ; mais ils accufent le Caddis de cruauté & de tirannie , & les foldats qui gardent Jerufalem d'une avarice infuportable. Tu dois eftre informé fi les plaintes font legitimes : ils ont cependant affeuré que leur patience eft au delà de la dureté des Miniftres que tu employes ; mais qu'ils n'en peuvent plus fouffrir l'infolence , & qu'ils font fur le point de hazarder à tout perdre par un coup de defefpoir. Ce n'eft pas à moy de faire l'Avocat de ceux qui font foumis à ton authorité , & particulierement de ceux qui doi-

vent porter le joug des Mahometans ; mais il eſt du devoir de Mahmut ta creature
de t'informer des veritables
circonſtances des affaires qui
viennent à ſa connoiſſance,
afin que dans l'éloignement
où je ſuis, tu ne ſois pas obligé de m'interroger inutile-
ment, parce que tu ſerois
trop long-temps à recevoir
mes réponſes; je veux dire que
ſi l'oppreſſion des Dervis eſt
veritable, & auſſi grande qu'ils
la font, toy qui es la veritable
lumiere qui éclaire l'Empire
desFidelles & qui en diſſipe les
tenebres, tu ne ſouffriras point
que ceux qui vivent ſous la
foy publique demeurent op-
primez, & que quatre miſerables Grecs ſoient cauſe qu'il
arrive

arrive du defordre dans la Paleftine, dont les plaintes vien-
nêt jufqu'aux oreilles des plus
grands Princes de l'Europe,
à qui de telles chofes peuvent
donner de faufles Idées du
Gouvernement de ceux qui
font élus de Dieu pour commander à tout le monde. Invincible Bacha, j'ay découvert fes veritables circonftan-
ces de cette affaire dans le
Manufcrit Turc que le fecre-
taire du Cardinal de Richelieu m'a mis entre les mains.
J'ay découvert à fonds les mauvaifes raifons des Armeniens
& des Grecs qui d'un com-
mun confentement, ont ex-
pofé au tres venerable Mufti
plufieurs chofes que tu ne te
pourras empefcher de con-

damner : & fe fervent d'une
fauffe excufe, ils n'ont pas eu
l'art de cacher leur perfidie.
Ils difent qu'il faut en quelque maniere que ce foit tourmenter les Chreftiens Ro-
mains , & que c'eft une loy
pour les faire tous fortir-de
la Paleftine , & y en eftein-
dre le nom entierement, comme on a fait celuy des Juifs,
& qu'eftant toujours ennemis
de l'Empire , il ne faut point
tenir compte des affronts & des
mauvais traittemens qu'on
leur fait , que le temps des
Privileges qu'ils ont obtenu
de Zelim , & de fes Succeffeurs eft expiré , & que c'eft
d'ailleurs une mauvaife politique & une grande impru-
dence de laiffer venir les Pe-

lerins des Païs les plus éloignez qui sous le pretexte de visiter le Tombeau de Christ, &
les autres endroits que la su-
perstition a consacré dans la
Palestine , viennent espier les
actions des Turcs , examiner
la forme de leur gouvernement , visiter leurs places, &
mesurer les rades & les Ports
qu'ils ont sur les mers ; ce qui
peut estre d'un grand dommage à l'authorité , & à l'honneur des Ottomans. Il ne m'est
pas possible de t'apprendre
comment ce memoire est venu dans les mains du Richelieu ; mais il faut qu'il ait eté
vendu ou intercepté à Constantinople où il estoit adres-
sé. Cependant je ne dois pas
oublier à te dire une réfle-

xion que ce Miniftre a faite,
& par là tu verras s'il raifon-
ne en homme prudent & fage,
& voicy ce qu'il dit. Si j'étois
le premier Miniftre du grand
Sultan, j'aurois ajoûté Privilege fur Privilege aux Moines
Cordelliers, non pas feulement parce que la juftice le
voudroit ainfi; mais à caufe
de l'utilité qui en pourroit
revenir aux Turcs. Je rendrois
le Pellerinage de Jerufalem
facile à toutes les Nations, je
diminuerois le Tribut, j'or-
donnerois qu'on traittaft avec
beaucoup d'humanité les Pelerins, les Cordeliers & tous
les Chreftiens generalement:
& je ferois chaftier avec beaucoup de rigueur les Capitaines & les Soldats qui gardent

la Paleſtine & les lieux ſacrez
s'ils en uſoient autrement, &
puis ſe tournant devers moy ,
ne te paroiſt-il pas , me dit-
il , qu'une maniere ſeure d'a-
grandir un Royaume eſt de luy
procurer un bien qui augmente le nombre de ſes ſujets ? Il
ne ſuffit pas que le Prince
montre les ornemens de la
principauté , il faut qu'il faſſe
voir le Prince , autrement il
ſera ſemblable au Philoſophe
qui fut mené en la preſence
d'Herode. Je ne voy , dit ce
Roy, que la barbe & le manteau du Philoſophe. Si les
Turcs font comme les Sçites
quand ils ſe rendirent Maiſtres
d'Athenes ils feront mieux :
ils ne voulurent point brûler
les livres qu'on avoit amaſſez.

dans cette Ville fameufe, difant que ceux qui s'apliquoient
à l'eftude ne faifoient point
ordinairement de mal. Si les
Chreftiens penfent à la mort,
en vifitant & honorant les
Tombeaux : les Muzulmans
doivent confiderer que s'ils
leur font la guerre , ils n'auront à faire qu'à des gens con-
trits & penitents qui feront
plus faciles d'eftre deffaits.

Voila au vray la converfa-
tion que j'eus avec ce premier
Miniftre du Roy des François
que je t'ay raportée fort exacte-
ment. Souffre prefentement
que j'ajoufte pour marquer la
juftice des pretentions des
Chreftiens , ce que m'ont fait
connoiftre quelques particuliers de ce Royaume , fur la

justice & l'ancienneté des Privileges des Religieux Chrestiens de Jerusalem. Ils font voir qu'il y a plus de trois siecles que ces lieux là appartiennent aux Catholiques Romains, que Robert d'Anjou Roy de l'un & l'autre siecle les achepta du Soldat d'Egipte & en fit un present à l'Eglise Romaine, qu'il mit en possession non seulement du S. Sepulchre, mais du Calvaire de Betlehem & de leurs dépendances; cet establissement dura jusqu'à Zelim premier, qui y confirma les Religieux Chrestiens avec une augmentation de Privileges, aussi-tost qu'il eust conquis l'Egypte & la Palestine.

François Premier Roy de

France ayant fait alliance avec
Soliman Second , il mit dans
fon traité un article qui con-
firmoit les fufdits Privileges ,
qui ont efté depuis renouvel-
lez folemnellement jufqu'à ce
qu'Amurat qui eft aujourd'huy
fur le Thrône des Muzulmans
heureux Empereur & Maiftre
de l'Univers , pour qui feul
le Soleil donne le jour à la terre , & confirme ce qu'avoient
fait fes Predeceffeurs en faveur des Dervis Chreftiens
Catholiques Romains , qu'il
a maintenu , fans avoir égard
à la vaine pretention des Grecs
& des Armeniens , dans leur
poffeffion legitime du Calvaire , de la Grotte de Betlehem , & des deux petites
montagnes qui en dépendent
&

& leur a accordé la garde, de la pierre fur laquelle leur Chrift fut enbaumé , auffi bien que celle des deux petits Dômes couverts de plomb, fous lefquels eft le faint fepulchre.

Ton humble efclave Mahmut, a un pas delicat à faire avec ce Miniftre François. Il m'a prié de luy donner quelque memoire fur ce que je fçay en general , & il m'a dit de ne me point eftonner de fa curiofité , qu'il a pour maxime de fe faire des amis de tous les Eftrangers qui ont du merite, & d'en tirer quelque chofe qui l'en faffe reffouvenir , & que par là, il a appris beaucoup de chofes importantes, & découvert beaucoup de fecrets d'une grande

II. Partie.   T

confequence : Mais que fur
tout il avoit aſſez d'opinion
de moy pour me confier , que
je l'obligerois fenfiblement fi
je luy donnois des memoires
fort exacts des forces de l'Empire Ottoman , de la maniere dont il eſt gouverné , &
par où on le pourroit attaquer pour en diminuer la
puiſſance. Je luy ay répondu
fort modeſtement , que mon
meſtier n'eſtant que de dire
mon Breviaire , je me ſentois
incapable de donner aucune
inſtruct on à un fi grand homme
que luy , qui n'ignoroit rien. Il
m'a repliqué en riant que je ferois feulement ce que je pourrois, & que cependāt il ne vouloit en aucune façon me con-
traindre , & il m'a adjoûſté que

bien qu'il fuſt Cardinal & Prê-
tre il ſçavoit quelque choſe de
plus que la Theologie, & que
pluſieurs Pontifes Romains
avoient ſçeu faire la Guerre
de deſſus la Chaiſe de ſaint
Pierre; Enfin je n'ay pû me ſe-
parer d'un homme ſi preſſant
ſans luy promettre de luy
donner quelque memoire. Tu
ſçauras en ſon temps com-
ment je me ſeray tiré d'un ſi
mauvais pas, & juſqu'où le
zelle que j'ay pour ma Religion & pour mon Souverain
m'auront conduit, & tu peux
eſtre aſſuré que je donneray
plûtoſt ma vie au Cardinal
que de luy découvrir le moindre intereſt de l'Eſtat, & de
rien dire qui puiſſe eſtre nui-
ſible, ou déplaire au Grand-

Seigneur, ou troubler tant
foit peu fon repos, & je ne
manqueray pas de moyens
pour entretenir l'amitié de ce
Miniftre, & éviter de luy
donner du foupçon, pour
le tromper mefme, quelque
avifé qu'il foit, & je t'averti-
ray de tout, fans faire part
à aucune autre perfonne des
conferences que j'auray avec
luy.

Que le faint Prophete mul-
tiplié ta lignée, afin de donner des Miniftres de ton
fang à l'Empire, & que le
grand Dieu aide fi bien ta valeur que tu puiffes voir l'Empire d'Amurat fans bornes.

*A Paris le quinziéme de la
deuxiéme Lune de 1639.*

LETTRE

XLVI.

AU MESME.

L'HIVER est si avancé que les Armées du Roy ne font aucun mouvement, le Dauphin se porte fort bien, & ce n'est point une fable qu'il soit né avec quelques dents, & ce qu'on dit tous les jours qu'au-

T iij

cune nourrice ne luy peut
prefenter la mamelle fans
qu'elle en foit morduë ; On
dit auffi que ne fe pouvant
trouver à la Cour aucune femme qui puiffe y durer , on a
choifi celle d'un Païfan qui
s'eft trouvée fi forte & fi faine ,
qu'elle luy refifte , & le nourrit
fort bien.

Quatre Courriers font arrivez en mefme - temps icy ,
un qui vient de Rome , & les
autres viennent des Armées ,
mais on n'a encore pû penetrer quel eft le fujet de leurs
voyages , on croit feulement
que celuy qui vient d'Allemagne porte des nouvelles
de l'Alface , & de Brifac. Le
Roy de France fe porte fort
bien , on prepare à la Cour

de grands divertiſſements pour le Carnaval que les François paſſent dans des jeux aſſez bizarres & extravagants, comme font tous les Chreſtiens de l'Europe.

Le peuple veut que la Reyne ſoit encore groſſe , & il aſſure déja qu'elle donnera à la France un ſecond fils pour ſoûtenir la Couronne qui a eſté ſi preſte à tomber dans une autre famille , faute d'heritiers , ou à ſe ruiner par des Guerres civiles.

Il court icy beaucoup de bruits ſur le Voyage du Grand Seigneur , dans des Gazettes écrites à la main où imprimées, & on ne manque pas d'y faire beaucoup de pronoſtics ſur l'entrepriſe de Babilone.

T iiij

Je t'informeray par le premier Courrier de ce qu'on y dit de noſtre Empereur toûjours Victorieux & toûjours invincible , & de toy auſſi qui es ſon premier Miniſtre , & le bras droit de ſon Empire; je te feray ſçavoir auſſi en même temps les nouvelles que j'auray appriſes des affaires du Septentrion , dont le Kaimakam doit déja t'avoir informé auſſi bien que des évenemens plus conſiderables de la Guerre d'Alſace. Que l'immortel pour prix de ta fidelité , de ta valeur , & de la peine que tu prends à bien ſervir ton maître t'accorde la priſe de Babilone , & de toute la Perſe , & te faſſe encore mettre dans les fers le Souverain de cet Empire.

pour te donner le plaisir de
le faire humilier jusqu'à baiser l'estrier du Cheval que
monte l'invincible Amurath.

A Paris le seizième de la seconde
de Lune 1639.

LETTRE

XLVII.

A

BEKIR BASSA,
Chef & Garde du
Thresor du Grand-
Seigneur.

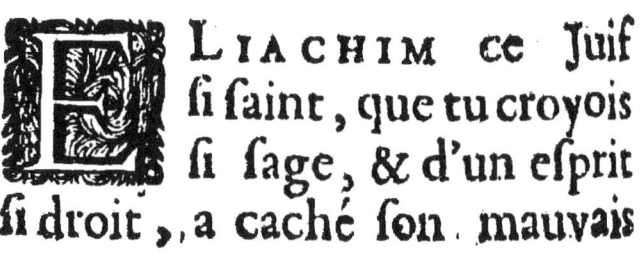

ELIACHIM ce Juif
si saint, que tu croyois
si sage, & d'un esprit
si droit, a caché son mauvais

naturel à Conſtantinople pour
le faire connoiſtre à Paris. Il
n'a pas tenu à luy que mes
affaires n'ayent eſté entierement ruinées ; le ſcelerat
a donné des marques de ſa
perfidie au moment qu'il m'a
veu toucher l'argent que
Carcoa de Vienne m'a en-
voyé par tes ordres. Je t'avois
déja écrit que je croyois cet
homme fidelle pour m'inſtruire dans les choſes qu'il m'é-
toit neceſſaire de ſçavoir , &
que je m'empeſcherois bien
de m'en laiſſer ſurprendre
dans celles où il me pourroit
tromper. Penſe à quel point
je ſuis mortifié preſentement,
de ne le pouvoir accuſer , ny
en tirer une juſte vengeance :
Il m'avoit fait croire que le

fils d'un Avocat de Paris, jeune homme de beaucoup d'efperance, ayant receu quelque
déplaifir dans fa famille, eftoit
refolu de fe faire circoncire,
& d'embraffer la Religion des
Muzulmans, & qu'il n'avoit
pas voulu laiffer perdre une
fi belle occafion de me rendre
un fervice confiderable; qu'il
avoit fongé à cacher ce jeune
homme, dans un lieu fous-
terrain qui eft dans ma maifon,
fans luy découvrir mefme
l'endroit où il feroit, il ajoû-
ta qu'il luy avoit promis de
luy faire toucher de l'argent,
& de luy faire avoir un employ
à Conftantinople ; Et enfin
qu'il lui avoit donné toutes les efperances, qu'on a accouftumé de donner à ceux

qui par legerete, ou pouſſez par des raiſons temporelles, abandonnent la Religion de leurs peres pour faire profeſſion d'une autre ; Il m'aſſura auſſi que je ne devois avoir aucune inquietude de cette affaire, parce qu'il avoit pris toutes les precautions neceſſaires pour faire paſſer promptement ſon homme à Tunis, ou à Alger, & puis à Conſtantinople. Je me rendis à tant de raiſons qu'il m'allegua, & ce jeune homme fut introduit la nuit chez moy, & caché ſans meſme que je le viſſe ; Mais le jour ſuivant ne finit pas ſans qu'il ſe paſſaſt une eſtrange ſçene dans ma maiſon. Je fus eſtonné que je vis paroiſtre devant moy

une femme furieuſe , qui me
demanda reparation de l'honneur oſté à ſa fille , & meſme
de la vie , qu'on luy avoit ô-
tée , m'accuſant de l'avoir en-
levée , & puis de luy avoir
donné la mort , & elle me fit
tous ces reproches accompagnée d'une troupe de Mini-
ſteres de la juſtice.

Penſe quel fut alors le de-
ſordre de Mahmut : plus je
ſuis conſtant à nier le crime , ce
qu'on m'impoſe , & plus le bruit
s'augmente , on me menace
de me faire mourir ſi je n'a-
voüe la choſe , & ſi je ne fais
les reparations qu'on me demande , & en meſme temps,
cette perfide femme fait ſi-
gne à un des Scelerats qui l'accompagnoient , de deſcendre

en un tel endroit, & d'en tirer 'a fille, qui s'y trouve vivante , habillée en homme,
& qui fe fondoit en larmes.
J'eus beau alleguer des raifons
pour prouver mon innocen-
ce, je fus enfin forcé de jetter à cette Louve & aux chiens
affamez qui l'accompagnoient
tout l'argent que j'avois , & ils
ne fe retirerent qu'aprés m'a-
voir fait mille infultes, & dit
les injures les plus atroces
qu'on puiffe imaginer. Ce
qu'ils m'ont arraché d'argent
va à cent quatre-vingt quatre
Sequins d'or que j'avois, & en-
viront cent piaftres de Mon-
noye. Eliachim a la force de
fouftenir qu'il n'a aucune part
à une fi grande trahifon , il
foûtient les mefmes chofes

qu'il m'avoit dites , & croit
se bien justifier , en disant que
si luy qui est Juif a esté trom-
pé par ce jeune homme, qui
feignoit de se vouloir faire
Turc, qu'il y avoit un millier
de François qui se trompoient
tour à tour , dans le seul dessein de se faire du mal , je ne
te dis point icy les bonnes raisons dont je me suis servi
pour le convaincre , parce que
cela est inutile. D'un autre côté
faisant reflexion sur l'employ
que j'ay , & à l'estat present
où je me trouve il m'a paru
à propos de dissimuler & d'attendre quelque occasion favorable de faire sortir ce scce-
lerat de Paris , & de le faire
donner dans quelque pan-
neau

neau à Conftantinople. Je te
donne avis de cét évenement
pour deux raifons, à fçavoir
pour me faire toucher d'autre argent, & pourvoir à ma
feureté, n'en croyant aucune
pour moy, tant que je fe-
ray avec un homme fufpect,
& coupable d'un crime fi é-
pouvantable. Tu ne m'enten-
dras point parler de l'intereft
de la vie de Mahmut, parce
que je la croiray toûjours bien
employée quand je la perdray
au fervice, de l'invincible
Sultan le foûtien de l'Univers.
Tu peux confiderer l'utilité
que l'Empereur doit tirer de
moy, fi je demeure caché, ou
fi je viens à eftre découvert.
Tu ne manqueras pas de
moyens pour tirer de la bourfe

II. Partie.   V

d'Eliachim l'argent qu'il m'a
fait voler, & tu ne manqueras
pas non plus de prendre le
parti qu'il faudra pour oſter
d'autour de moy une peſte ſi
dangereuſe. Tu dois auſſi
ſçavoir ce que diſent les Chré-
tiens toujours ennemis irre-
conciliables des Juifs. Ils ſoû-
tiennent que ces infames ſont
Eſclaves de toutes les Nations,
& les Maiſtres dans Conſtantinople, que dans cette grande Ville, ils ſont en meſme
temps careſſez & maudits,
qu'au milieu de l'abondance
ils paroiſſent toûjours miſerables, & quand ils ſont dans la
miſere qu'ils tachent à uſur-
per toutes choſes ſans exemp-
tion ; ils adjouſtent qu'ils ſont
Vagabonds comme Uliſſe,

mais qu'en quelque lieu qu'ils
foient, ils y trouvent une patrie comme Homere ; qu'ils
font gens doubles , qu'en public ils affectent l'apparence
de gens fort Religieux, & puis
en particulier il vivent avec
un grand defordre& n'ont fcru-
pule d'aucune forte de crimes;
& ils difent enfin que s'il ne
leur eft pas permis d'avoir des
terres en propre, ils ont trouvé le moyen d'avoir tout l'or
de l'Europe. L'opinion des
Chreftiens eft encore que le
nombre en deviendra tres-
grand, parce qu'ils ne vont
point à la Guerre, & qu'il n'y
en a aucun parmy eux qui
ne fe marie. Ils font difent-ils,
toûjours lâches , & poltrons
dés qu'il y a du danger ou de

la peine à essuyer, & hardis
quand ils voyent un grand
gain & fort assuré, dans les
marchez qu'ils font, ils ne disent jamais la verité que lorsqu'elle leur sert à tromper, ils
sont toûjours menteurs & il n'y
a sorte d'impieté ny de sacrilege dont ils ne soient capables, & ces mesmes Nazaré-
éns soûtiennent qu'ils feront
un jour quelque crime enor-
me dans nostre grande Ville
le siege de l'Empire, parce
qu'ils sont ennemis cachez
des Turcs, dont ils sont les
confidens, mais que nous en
voulons bien estre trompez.
J'écris à Carcoa de m'envoyer
promptement quelque secours
& j'ay esté obligé d'en demander au mesme Eliachim, ce

traitre qui m'a mis dans l'é-
tat où je me trouve, il n'a pû
me refuser quoy qu'il n'ait
pas manqué de se faire extremement pauvre, comme font
tous ceux à qui on découvre
de pareils besoins aux miens,
& de qui on implore l'assis-
tance.

L'insulte qui m'a esté fait
m'obligera d'orénavant à prendre un Valet, mais je le choi-
siray si petit que tu ne me pourras reprocher d'avoir pris beaucoup d'une mauvaise chose.
N'abandonne pas le pauvre
Mahmut qui prie Dieu qu'il te
donne toutes sortes de prospe-
ritez, & te fasse vivre dans une
santé parfaite, & qui souhait-
te que tous les Monarques des
Nations infidelles deviennent

les Efclaves du Sultan qui fera toûjours invincible, & que
leurs richeffes augmentent le
threfor que tu gardes, fans que
rien les en puiffe jamais faire
fortir que la volonté de noftre
Empereur à qui toutes les vo-
lontez des peuples de la terre
doivent eft foûmifes.

A Paris le quinZiéme de la feconde
Lune de 1639.

LETTRE

XLVIII.

A
CARCOA
de Vienne.

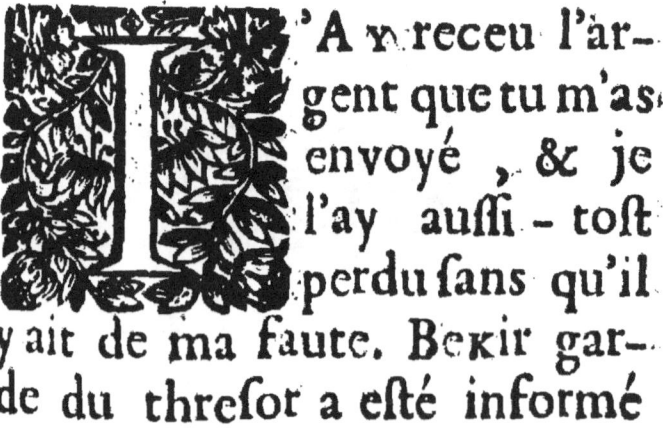

'A y receu l'ar-
gent que tu m'as
envoyé , & je
l'ay aussi - tost
perdu sans qu'il
y ait de ma faute. Bekir garde du thresor a esté informé
par une de mes Lettres de la

perte que j'ay faite , & d'une
autre affaire qu'il n'eft pas
neceffaire que tu fçaches , je
luy ay auffi écrit que j'efpe-
rois recevoir un prompt fecours de toy , parce que je te
le demanderois. Il y va du
fervice du Grand - Seigneur
que tu ne m'obliges pas à te
donner aucune autre raifon, &
que tu ne differes pas à m'envoyer au plûtoft une fomme
d'argent fuffifante , je te puis
feulement dire que dans l'af-
faffinat qu'on m'a fait ; je n'ay
perdu que ce que tu me peux
faire bien-toft recouvrer , ma
vie eft en feureté , & par un
veritable miracle mes affaires
le font auffi , & perfonne n'a
découvert qui je fuis. Si tu as à
écrire au Juif Eliachim prens
bien

bien tes mesures , ne luy
confie que ce qu'il n'importe
pas qui soit sçeû , & crains
qu'il ne puisse devenir homme de mauvaise foy quoy
qu'il ne le soit point encore.

Si tu reçois des nouvelles
de Constantinople , fais - en
part à l'instant à ton amy
Mahmut , particulierement si
ce sont des Lettres qui portent quelque avis du Camp
où se trouve la personne sacrée
du Grand-Seigneur.

Envoye sans perdre temps
à la Porte le pacquet que je
t'adresse , & ne me laisse point
languir à Paris dans l'attente
de l'argent que j'espere de
toy. Il est vray que l'or est
rare , parce que tout le monde veut en avoir , & il y en a

II. Partie. X

moins où tu crois qu'on en
doive trouver davantage. Dans
cette grande Ville de Paris,
où il paroift qu'il y ait abondance de toutes chofes, &
qu'on y jette tout avec pro-
fufion, il eft plus aifé de
trouver cent Saints, qu'un
homme liberal. Les François
difent qu'il n'apartient qu'aux
Sots de donner, qu'on doit
fecourir fes amis avec de bonnes paroles, & rien de plus.
Apprens Carcoa à n'avoir jamais de befoin d'eftre fecou-
ru, & garde-toy bien de faire des liberalitez. On eft accouftumé à vouloir recevoir
les bien-faits, & on ne compte pour rien d'avoir de l'in-
gratitude. La vanité de ce
Philofophe qui mouroit de

misere est un trop grand exemple de l'insolence des hommes. Lorsque Pericles luy vouloit donner quelque-secours pour luy prolonger la vie , il eut l'audace de luy parler ainsi. Tu portes de l'huile, ô Pericles , parce que tu as besoin d'une Lampe.

Que le souverain moderateur de toutes choses te garde de tomber dans la necessité, C'est le souhait le plus avantageux que puisse faire le pauvre Mahmut pour toy , dans l'extrême besoin où il se trouve.

A Paris le quinze de la premiére Lune de 1639.

II. Partie.   X ij

LETTRE

XLIX.

A

DGNET OGLOV.

E pere de Birkaleb eſtoit un homme fort riche en Arabie, & il étoit homme de bien. Il eût dix-neuf enfans qui moururent tous de la meſme maladie, eſtans déja aſſez avan-

e z en âge. Il n'y eût jamais
de famille plus unie , & où
l'on trouvaft plus de vertu ;
Birkaleb , eftoit naturelle-
ment timide & lent dans les
chofes qu'il faifoit , mais il
fut fi faint , & il mourut fi
pauvre, qu'un voleur n'ayant
rien trouvé la nuit à dérober
dans fa chambre, il l'appella
pendant qu'il fe retiroit &
luy donna de fon pur mou-
vement fon propre lit , n'é-
tant pas fatisfait de l'avoir
veu partir fans rien prendre.
Eftant aprés cela obligé de
coucher fur le careau, il reçeut du fecours du ciel par
les mains de fa femme , &
vingt Lunes n'eftoient pas
encore écoulées aprés cette
avanture , que par une autre

X iij

plus eftrange, il devint tout
d'un coup riche, & ceffa dans
le mefme inftant d'eftre fage.
Il avoit une femme auffi hau-
taine, & broüillonne qu'il
eftoit humble, & qu'il aimeit
le repos & la tranquillité.
Cette femme gardoit les troupeaux, & avec une grande
jeuneffe, elle avoit beaucoup
de beauté, & on ne fçait
comment un Prince de la race du Sofi de Perfe qui fuyoit
la colere de fon fouverain,
la rencontra. Il eft certain que
s'eftant recommandé à elle,
& l'ayant priée de luy fauver
la vie, & de ne le point découvrir, elle le mena dans
un bois fort épais, & incon-
nu à tout le monde où le
Prince vécut pendant qua-

torze ans toûjours caché, mais
s'eftant enfin ennuyé de mener une fi trifte vie, il perfua-
da à cette femme d'aller à
Ifpaham déguifée en homme
retrouver Arfame qui avoit
efté fon Gouverneur, hom-
me tres-fidelle, & tres-fage,
qui luy donneroit de l'argent,
des Pierreries & une eau
pour fe peindre le vifage, afin
que fon déguifement le rendât
méconnoiffable, il pût pour-
fuivre fon chemin, & aller
à Rode comme il avoit refolu. Cette femme arriva bien-
toft à Ifpaham, avec des marques du Prince pour fe faire
connoiftre ; ces marques é-
toient des Lettres inconnuës
& une bague qu'il portoit ordinairement, ce qui ayant efté

reconnu d'Arſame, il confia
une ſomme aſſez conſiderable,
beaucoup de Pierreries & un
petit vaſe d'or, où eſtoit l'eau
propre à ſe déguiſer à cette
Meſſagere, qui eſtant arrivée
chez elle, en moins de
quarante jours, trouva le
Prince mort dans la grote où
il ſe retiroit, avec un papier
dans les mains, où il ſupplioit
le premier que le hazard y con-
duiroit d'enterrer ſon corps
au pied du plus beau Platane
qui ſe trouvaſt dans les lieux
d'alentour, & prioit celuy qui
avoit ſa bague de la porter
au Sophi, & de luy demander
pardon pour luy de l'offenſe
qu'il luy avoit faite. La femme de Birkaleb luy découvrit
alors tout ce qui luy eſtoit

arrivé, elle le mena dans le bois, & dans la caverne, elle luy fit voir le Prince mort, & elle luy montra la Lettre, l'anneau, les pierreries, & l'argent, & il n'y eut que l'eau dont elle ne luy fit point de confidence. Ayant aprés cela pris la resolution d'aller trouver le Sofi, ils y allerent ensemble, ils en furent bien reçeus & puis comblés de biens. Birkabel s'arresta à Ispaham, y fit un séjour de quatre ans, & y mena une vie peu honneste. Cependant sa femme l'ayant quitté s'enfuït avec un jeune Persan, & fit differens Voyages, dans l'Asie sous beaucoup de figures differentes, & par le moyen de l'eau qu'elle avoit cûë d'Arsame,

elle trompa fon mary, & autant d'Amans qu'elle en put
avoir. Le malheureux Bir-
ĸaleb eſtant par-là encore
une fois devenu pauvre, re-
fol ut enfin, de s'en retourner
en fon païs, & il mourut dans
fa maiſon chargé d'années, &
dans une telle opinion de
fainteté, que le bruit a couru
qu'il avoit fait pluſieurs grands
miracles. Il laiſſa quatre fils,
dont je n'ay connu qu'Aba-
ber, qui eſt le meſme dont
tu m'as parlé dans ta Lettre.
Voila tout ce que je te puis
dire de Birĸaleb, de fon
fils, & de fon petit fils Aba-
ber que je regarde comme un
fort honneſte homme, & d'une
rare prudence, & en qui je
ᴄroy que tu peux prendre con-

fiance, avec une precaution pourtant tres-sage, qui est d'estre persuadé que celuy qui est galant homme aujourd'huy peut cesser de l'estre. Salüe cet homme de ma part, & continuë à m'aimer, fais responsе à ma premiere Lettre si tu ne l'as point encore fait, & à cette derniere aussi, si ce n'est point une incommodité pour toy de le faire. Adieu.

A Paris le quinziéme de la seconde Lune de 1639.

LETTRE

L.

A

EGRI BOYNOU
Eunuque blanc.

 E suis encore vivant, & je me porte bien, ma crainte a esté vaine & je suis sorti des mains du Cardinal sans avoir

couru aucun danger, & il y
a lieu de croire qu'il ne m'arrivera aucun mal quand il
m'ordonnera une autre fois
de me rendre auprés de luy.
Mais tu ne sçauras point ce
qu'il vouloit de moy, parce
qu'il ne faut pas découvrir un
secret, que je suis obligé de
cacher.

Tu as dû recevoir une longue Lettre que je t'ay écrite
avec beaucoup de particularitez de la vie d'Henry IV.
Roy de France. Je t'envoye
presentement beaucoup de
ses dits, qu'on peut nommer
des Sentences, lis les avec attention, tu y prendras plaisir, & Mustafa doit beau-
coup s'instruire, par la connoissance qu'il aura des senti-

mens , & des actions d'un Roy , qui fut grand Capitaine , qui eut une fermeté invincible dans la mauvaife fortune , & qui eut beaucoup de clemence , & de bonté lorfqu'il fut heureux , d'un Roy qui eftoit la valeur même parmi les Soldats , fage & accort avec les Courtifans, terrible dans les batailles , galant & tendre avec les Dames , plain de feu quand il falloit agir , & doux , & affable dans les converfations.

Henry eft mort comme la plufpart de nos Sultans ; c'eft-à-dire d'une mort extraordinaire , il avoit vécu cinquante-fept ans , & quelques mois, fon regne avoit efté de vingt ans , ou à peu prés. Plufieurs

de ſes Courtiſans le nom-
moient comme le premier des
Céſars , le mari de toutes les
femmes ; parce qu'on eſtoit
perſuadé qu'aucune de celles
qui luy avoient plû , ne luy
eſtoit échapée. Il eût quatorze enfans, ſix de la Reine
ſa femme , & les autres de
quatre de ſes Maiſtreſſes ; celle
qu'on nommoit la belle Ga-
brielle de la Maiſon d'Eſtrée
a paru avoir plus de pouvoir
ſur ſon cœur que toutes les
autres , il la menoit ſouvent
avec luy dans ſon Armée, &
aux Sieges des places qu'il faiſoit en perſonne, & de meſme cette Dame obtenoit qu'il
ſe trouvaſt avec elle à des ſpe-
cales moins terribles. Henry
avoit accouſtumé de dire qu'il

eſtoit auſſi difficile de ſçavoir bien aimer, d'ordonner un feſtin, & de danſer en meſme temps agreablement, que de mettre en bataille une Armée compoſée de Nations diffé-rentes, & quand il fut plus avancé en âge, il diſoit qu'il aimoit la danſe pour paroî-tre jeune, le jeu pour mar-quer qu'il pouvoit ſe mettre en colere, & les Dames, par-ce qu'il croyoit qu'il faloit aimer tous les jours de la vie. Il eſtoit ſi impatient au jeu quand il perdoit, qu'il ſe fâchoit autant d'y perdre cent écus qu'il auroit eſté affligé de la perte d'une ville conſi-derable.

Il ſe déguiſoit ſouvent en Païſan pour approcher de ſes
Maî-

Maiſtreſſes ſans eſtre conuu, & il a ſouvent pouſſé ce déguiſement, juſqu'à mener des chevaux, ou des aſnes chargez d'herbes & de fruits, & quelque-fois, il portoit du foin ou de la paille ſur ſes eſpaules. Lorſqu'il fut paiſible dans ſon Royaume, il diſoit à ceux à qui il permettoit plus de familiaritez, que celuy qui ſe laſſoit dans les choſes les plus difficiles, ne meritoit pas d'avoir celles qui pouvoient s'acquerir ſans peine. Je me ſuis vû Roy, diſoit-il, ſans avoir de Royaume, mari ſans avoir de femme, Capitaine ſans Soldats, & liberal ſans avoir à moy de quoy donner. J'ay eû en-

II. Partie. Y

fin un Royaume, j'ay eu des
enfans d'un mariage legitime,
mes troupes font nombreu-
fes, & je puis difpofer de plufieurs millions.

Ce Prince a efté bleffé plufieurs fois, il a eû trois bleffures à la Guerre , & il en a
reçeu trois autres fur fon
thrône au milieu de la paix.
Les actions qui luy ont donné plus de gloire , ont efté
le gain de quatre batailles
d'où il eft forti vainqueur,
ayant tres-peu de troupes, &
fes ennemis ayant des armées
tres-nombreufes ; la paix generale qu'il donna à l'Europe ;
l'accommodement qu'il fit des
Venitiens avec l'Eglife Latine qui les avoit excommu-
niez, & le grand projet dont

je t'ay parlé dans ma Lettre precedente.

Le Nonce du Pape luy ayant un jour demandé combien de temps il avoit fait la Guerre ? toute ma vie luy répondit-il , & mes armées n'ont jamais eû d'autre general que moy. On l'a veu une fois quarante heures à cheval, & il menoit en ce temps-là une vie tres-malheureuse; mais il se soûtenoit avec un courage invincible , ce qui l'avoit fait appeller par ses Soldats le Roy de Fer. Au moment qu'il tenoit un morceau de pain assez mauvais dans une main, de l'autre il donnoit sur la poussiere le dessein d'une tranchée, & quand il vouloit faire voir à ses amis

Y ij

la plus belle Galerie de fon Palais, il les menoit dans fon Efcurie pour y voir fes Chevaux.

Il répondit un jour fort fagement à un Miniftre Calvinifte qui le folliciroit de reprendre fa premiere Religion, par ces propres paroles ; tu demeures d'accord qu'on fe peut fauver dans l'une & l'autre Religion, fi cela eft ainfi, il eft de la prudence que je perfifte dans la Religion que j'ay embraffée, parce qu'étant Catholique je puis eftre fauvé fuivant l'opinion de tes Docteurs, & fi je retourne dans la tienne je feray neceffairement damné fuivant l'opinion des Catholiques.

Il avoit accoûtumé de dire

qu'un Roy pour regner heu-
reufement ne devoit pas
vouloir tout ce qu'il pourroit. Il eût tant de grandeur
d'ame, & fut fi clement qu'il
pardonna mefme à ceux qui
avoient confpiré contre fa
vie. Il faifoit fouvent remarquer à ceux qui eftoient auprés de luy un Soldat Eftranger qui l'avoit bleffé dans une
bataille, qu'il avoit recompen-
fé, parce qu'il avoit fait fon devoir, & qu'il prit pour un de fes
Gardes, difant qu'il fioit volontiers fa vie à un pareil ennemi, qui avoit changé de
fentiment pour en avoir de
tous contraires.

Quoy qu'il ne fût pas fça-
vant, il entendoit pourtant
fort bien les Livres que fa Re-

ligion a confacrez, & il prenoit plaifir à l'Hiftoire , & à
s'entretenir avec des gens de
Lettres. Une nuit entendant
lire les Annales de France, &
eftant demi endormi dans fon
lict il arrefta fon Lecteur &
luy dit qu'il faloit continuer
à lire , & qu'il ne faloit plus
dormir. Tu viens de lire ad-
joûta-t'il l'Hiftoire de la prifon de François I. devant Pa-
vie , fais moy fouvenir qu'il
faudra mettre à la marge,
que Henri l'a vangé.

Ayant mis le Siege devant
une place d'importance pendant un froid tres-rigoureux
il fe coula une nuit couvert
d'un grand manteau , jufqu'-
aux lieux , où eftoient les tra-
vailleurs, il y entendit un Sol-

dat qui luy donnoit des malédictions blâphemant contre son Dieu, & sans s'emporter, il dit tout bas à ce soldat impatient, Dieu t'entend, & il se pourroit faire que le Roy t'entendist aussi, si tu n'as pas la force de travailler, tais toy, & te retire. La nuit suivante ce Roy s'estant mis à travailler luy-mesme pour exciter les autres, il fit appeller ce même soldat, & luy parla ainsi, aide moi à remuer cette terre, & ne jure point; car à l'heure qu'il est, le Roy t'entend.

Pour corriger les vices, les injustices, & les violences des autres, il ne se servoit point de Leçons, mais il donnoit des exemples, & un jour qu'il entendit un de ses Capitaines

qui eſtoit en colere de ce que
ſes creanciers luy avoient ſai-
ſitout ce qu'il avoit juſqu'à
ſon cheval , & ſon épée, il
luy parla de la ſorte. Moy
qui ſuis ton ſouverain , j'ay
payé mes dettes, & j'ay auſſi
engagé tous mes biens , ſans
me mettre en colere, toy qui
es mon ſujet, tu dois faire la
meſme choſe ſans murmurer,
& puis le ſeparant des autres;
il luy donna quelques pierreries qu'il avoit ſur luy pour
l'aïder.

Il montroit ſouvent le Ma-
réchal de Biron à ſes amis, &
à ſes ennemis & leur parloit
ainſi de ce Capitaine , cét
homme ſçait faire, & ſçait dire , je l'aime ; mais il le fit
mourir à quelque temps
de là,

de là, aprés luy avoir par-
donné trois fois son infideli-
té ; ce Capitaine ayant con-
tinué à faire des complots
contre sa vie , & contre l'E-
tat & dans la punition de son
crime, se souvenant de l'avoir
aimé , il voulut luy espargner
une partie de la honte du supplice , & il ordonna qu'il fust
executé dans la prison.

Un Escolier , deux Moines,
& un fol essayerent en des
temps differends de le tuer,
& comme je t'ay dit, il fut
plusieurs fois blessé , & à la
fin, il receût un coup mortel.
Une femme qui avoit entrepris, & essayé de l'empoison-
ner fut brûlée vive , & cette
folle dit en mourant, croyant
amoindrir son crime, qu'ayant

II. Partie. Z

prevû que son Roy devoit mourir de la main d'un affaßin , elle avoit voulu le faire mourir d'une mort plus douce , & plus honorable.

Henry aima fort la chaße, & un jour qu'il étoit à celle du Cerf, s'eßant trouvé fort éloigné de ses Courtisans , un grand spectre s'apparut à luy, avec un visage noir , & terrible , & tout l'équipage d'un chaßeur , il avoit avec luy une meute de chiens , & luy dit ces propres mots d'un ton de voix espouvantable; attensmoy , & m'entens , corrigetoy, fais penitence , écoute, m'entens-tu ? Il ne sera pas difficile de te persuader qu'Henry eût grand peur. Mais il eût plus de terreur de ce

que luy dit un jour un Païfan
qui lui parla avec beaucoup
de liberté, & fon difcours lui
donna une inquietude dont il
ne fe pût deffaire : Cet homme parloit fouvent à ce Prince avec affez de familiarité
quand il le trouvoit à la Campagne, & il lui tint un jour
ce difcours. Nous fommes
icy deux hommes, Tu es
un grand Roy, je fuis un pauvre Villageois, & je fuis peut-
eftre meilleur que toy, parce
que je fuis innocent ; j'ay dit
à mes amis tous le bien de ta
perfonne que j'ay pû ; parce
que j'ai éprouvé ta juftice, ta
bonté & ta liberalité. Mais
toutes ces vertus font bien
fouïllées par un vice horrible
que Dieu ne te pardonnera

point fi tu ne te corriges, tu
commets, grand Prince trop
d'adulteres; Il eft vray que ce
Monarque avoüa à quelques-
uns de ceux à qui il fe con-
fioit davantage, qu'il avoit ce
jour-là entendu en particulier
un Predicateur, qui fans
Theologie, & fans Rethori-
que l'avoit plus perfuadé que
n'auroit pû faire toute la Sor-
bonne enfemble. Cette Sor-
bonne eft un College fameux
à Paris, rempli de gens qui
font renommez dans toute la
Chreftienté, & pour leur Doctrine, & pour la fageffe de
leurs decrets. Ce Prince fit
une fois un affez plaifant
tour à fon Confeffeur, qui le
preffoit fouvent de quitter
toutes fes Maiftreffes, & de

se contenter des caresses de
la Reine sa femme, il ordonna à un Cuisinier qui avoit accoûtumé d'accommoder le
manger de ce Docteur, de ne
lui donner à tous les repas
que des perdrix, ce qui le
lassa si fort qu'il ne pût s'empêcher de se plaindre au Roy
mesme, que ce Cuisinier s'é-
toit tellement opiniastré à ne
lui servir que des perdrix, que
non seulement il en estoit devenu dégoûté, mais qu'il en
estoit malade, & le Prince
ne lui répondit autre chose que ces mots, toûjours
des perdrix, toûjours la
Reine.

Il aima les gens de Lettres, il
eût de grands égards pour eux,
& les récompensa liberale-

ment, il avoit accouftumé de dire que la neceffité l'avoit obligé à fe faire homme de Guerre, & que s'il avoit fuivi fon inclination il auroit efté homme de cabinet.

Il ne faifoit pas de grands prefents aux Medecins, parce qu'il eftoit perfuadé que ces fortes de gens ne fouhaittent que le mal, & il eftoit du fentiment de Tibere qui croyoit qu'un homme qui paffe trente ans ne doit pas en avoir befoin. Au contraire il faifoit beaucoup de cas des Hiftoriens, & il y en avoit beaucoup en Alemagne, en Italie, & en d'autres lieux encore, à qui il donnoit des penfions, & il affûroit que fi quelqu'un avoit retrouvé les Livres de

Tite-Live qui manquent , & ceux de Tacite, qu'il leur auroit volontiers fait le mefme don de trois Villes que Xerxes fit à un Capitaine Grec, l'une pour le pain , la feconde pour le vin , & la troifiéme pour fes veftemens.

C'eft pourquoy il y a plus de cinquante Autheurs qui ont fait fon Hiftoire. Il portoit quelque envie à Augufte à caufe du bon-heur qu'il avoit eû de voir tant d'excellents hommes dans les Lettres pendant fon Regne , & il difoit qu'il eftimoit beaucoup plus Mecenas paifible Bourgeois dans Rome, qu'Alexandre triomphant de toute l'Afie , & que Mecenas en protegeât & récompenfant les

Z iiij

hommes illuſtres qui excel-
loient dans Rome, dans tous
les arts avoit rendu ſon nom
immortel avec celuy de ſon
Maiſtre.

Il ſe plaignoit d'avoir mené une vie tres penuible pour
parvenir à commander aux
autres, & de n'avoir rien appris pour luy, & il ſoûtenoit
qu'il luy auroit mieux valu
avoir moins de fatigue, &
avoir ſçeû ſe commander à
luy-meſme. Il avoit auſſi accoûtumé de dire qu'un Prince ſage ne devoit jamais re-
fuſer la Paix, à moins qu'elle
ne ſe trouvaſt plus prejudicia-
ble que la Guerre.

Un jour qu'il eſtoit avec un
Ambaſſadeur d'Eſpagne, il ſe
mit à marcher avec beaucoup

de vitesse, & s'apercevant de
l'étonnement de ce Ministre ;
vous voyez, lui dit-il, que je
puis encore monter à cheval,
& marcher à pied s'il est necessaire, & que la goutte ne
me retiendra point quand il
sera necessaire d'aller. Sa valeur donnoit tant d'admiration aux autres braves qu'un
grand d'Espagne s'estant trouvé à une Ceremonie où l'on
portoit l'épée de ce Prince toute nuë devant lui ; il arresta publiquement celui qui la portoit
pour la baiser, s'écriant qu'il
rendoit cét honneur à l'épée
du premier & du plus grand
Capitaine du monde.

Un Chimiste luy presenta
un jour une recepte pour
changer du plomb en or, à

qui il répondit en lui fafant
apporter un grand coffre vui-
de , quand tu auras remply
ce coffre , du métail que tu
fçais faire , viens me retrouver, & je te feray donner autant de plomb que tu vou-
dras.

Eftant à Fontaine-bleau,
Maifon de plaifance des Rois
de France , fameufe depuis
plufieurs fiecles, & en faifant
confiderer tous les baftimens
à un Prince Eftranger , qui
lui dit en montrant une petite
Chappelle , qu'il avoit logé
Dieu trop eftroitement, il répondit que Dieu eftoit bien
mieux logé dans le cœur que
dans de grands édifices de
pierre.

Lorfqu'il faifoit les deffeins,

contre les Muzulmans dont je t'ay parlé dans mon autre Lettre, il fit une action de generofité fort utile aux Mores, qui avoient efté chaffez d'Efpagne, il permit à plus de cinquante mille hommes qui avoient paffé les Pirennées de s'embarquer dans les Ports de Provence, & de Languedoc pour fe retirer en Afrique. Je ne me reffouviens point de ce temps-là fans pleurer la perte d'un million de perfonnes qui perirent par diverfes fortes d'accidens, & de miferes.

Aprés une bataille où Henry avoit couru rifque de la vie, il dit que fouvent il avoit combattu pour la Victoire, mais que cette fois là il avoit combatu pour la vie.

Il avoit ufé plus de bottes que de fouliers, & il fe van-toit d'avoir efté moins de temps au lict que le Duc de Mayene n'avoit efté à la ta-ble, pendant que ce dernier commandoit l'armée de la Ligue.

Ce Roy qui vouloit qu'on le creuft veritablement le pe-re de fes fujets, s'appliqua à chercher les moyens d'ofter les abus infames du bareau: mais il n'avança pas beau-coup & quelque foin qu'il y apportaft, il ne lui fut pas poffible de mettre affez de frein à l'avarice des Avocats, d'empefcher la longueur des procez, ny de corriger affez l'injuftice des Juges, pour ne

rien laiffer à fes Succeffeurs.
Il s'écrioit quelques-fois
quand il parloit de ces fortes
de chofes fur ce qu'il y avoit
dans Paris feulement, plus de
Tribunaux, & d'Avocats que
dans tout le vafte Empire des
Turcs, qu'il vouloit à l'exemple des Muzulmans, eftablir
que dans tous les lieux de fa
domination, où les affaires
devenoient éternelles par la
chicane, elles fe decidaffent
en trois jours. Il donna des
ord es tres-expres pour la re-
formation des Loix, & il a-
voit deffein de brufler les Livres de tous ceux qui avoient
fait une infinité de commen-
taires fur cette matiere, qui
ne fervoient qu'à ruïner les
peuples, & caufer fouvent

parmi les parens, les amis, les voisins, & dans les familles, des Guerres plus nuisibles que la guerre Civile la plus cruelle. Il souftenoit qu'en se conformant sur ce point aux Turcs, il traitteroit ses sujets comme ses veritables enfans, & les empescheroit de se déchirer, qu'il feroit garnir de pointes de clous, & de rasoirs tranchans, les Sieges dans les lieux où s'assemblent les Juges pour faire asseoir ceux qui rendroient de mauvais Jugemens; & il faut avoüer que sur ce Chapitre-là on ne peut assez s'estonner de l'aveuglement des Chrestiens.

On voit tres-souvent decider dans une seule Campagne les differens de deux grands

Eftats , & un procez pour
vingt Sequins dure fouvent la
vie d'un homme , & tres-fou-
vent il laffe encore fes heritiers.

Mais aprens un exemple re-
marquable de la bonne foy
de ce Souverain. On lui voulut perfuader de faire arrefter
le Duc de Savoye qui eftoit
venu à Paris pour terminer
avec luy quelques differents
qu'ils avoient enfemble. Il
répondit à fes Confeillers que
François I. l'un de fes Predeceffeurs lui avoit apris qu'un
Prince eftoit plus obligé de
faire ce qu'il avoit promis que
d'obtenir ce qu'il fouhaittoit,
qu'il avoit efté en fon pouvoir
d'arrefter un Prince plus redoutable , & qu'il ne le vou-

lut pas faire , qu'il laiſſa paſſer , & ſortir de ſon Royaume
l'Empereur Charle-Quint, qui
s'eſtoit venu expoſer au danger ſur ſa parole : aprés cela,
ajoûta-t'il , Henry donneroit
un auſſi mauvais exemple aux
Princes. Si le Duc de Savoye
m'a ſouvent manqué , ce n'eſt
point à moy à l'imiter ; les crimes ne peuvent jamais eſtre
authoriſez par les exemples.
Ce meſme Duc de Savoye lui
ayant demandé quel revenu,
il tiroit de ſon Royaume , il
répondit en ces termes , j'en
tire autant que je veux, parce que je m'y fais aimer , &
que mes ſujets par là, content
que tous nos biens ſont communs.

Il répondit aſſez plaiſamment

ment à l'Envoyé d'un Prince qui eſtoit venu pour lui faire un compliment de condoleance ſur la perte d'un fils, un an aprés ſa mort, qu'il n'en n'eſtoit plus affligé, parce que depuis ce temps-là le Ciel lui en avoit donné deux autres.

Il ſe vantoit d'avoir ſçeû tromper trois ſortes de perſonnes, les Huguenots qui étoient perſuadez qu'il ſeroit retourné dans leur Religion, ceux de la Ligue qui ſouhaittoient qu'il demeuraſt dans l'hereſie pour avoir quelque lieu d'envahir ſon Royaume, & les Politiques qui croyoient qu'il ne ſe feroit jamais remarié; il mourut Catholique, il

II. Partie.   *A 2

abandonna les Huguenots, &
il se remaria.

Le Huguenots l'ayant sup-
plié de leur accorder une place forte pour seûreté, il leur
répondit qu'ils trouvassent le
moyen d'entrer dans son cœur,
& que là ils n'auroient personne à craindre, & ces Mes-
sieurs ayant representé qu'-
Henry III. son Predecesseur
leur en avoit bien accordée
une, il leur repliqua, que le
mauvais estat des affaires du
Royaume avoit obligé ce Roy
à les craindre, & à les haïr,
mais qu'un temps plus heureux faisoit qu'ils les aimoit
parce qu'il ne les craignoit
point.

Un Capitaine de reputation
ayant plusieurs fois dit, que

les liberalitez du Roy souvent reïterées n'avoient pû l'obliger à l'aimer ; Henry luy fit dire qu'il lui feroit tant de bien qu'il l'y forceroit enfin, malgré lui-mesme ; & il avoit accoûtumé de se servir de ce Proverbe, qu'on prenoit plus de mouches avec une goute de miel qu'on ne pourroit faire avec un tonneau de Vinaigre.

Un Moine s'avisa un jour de l'entretenir sur le mestier de la Guerre. Ouvrez vostre Breviaire, mon pere, luy dit le Roy, & me montrez où vous avez appris de si belles Leçons.

Un jour qu'un Tailleur luy presenta un Livre de Politique, il dit au Chanchelier qui se trouva present, Monsieur le Chancellier taillez moy un habit, voila un tailleur qui fait vostre mestier, & me donne des preceptes pour le Gouvernement du Royaume, & dans le mesme temps il envoya des esguilles d'or, & une quenoüille d'argent à une Dame qui luy avoit proposé quelques reglemens pour l'estat dont elle luy avoit presenté les memoires qu'elle mesme avoit dressez.

Un Medecin Huguenot ayant changé de Religion & s'estant fait Catholique, ce Prince le moutrant à un de ses Courtisans qui estoit encore dans ce parti, il faut que la vie de vostre Religion soit desesperée, dit-il, les

Medecins l'abandonnent.

Un jour que le Nonce du Pape, estoit à une grande fête où l'on vit paroistre vingt-cinq Dames d'une grande beauté qui vinrent en masque, il dit à ce Prelat qu'il s'estoit trouvé en beaucoup de batailles, mais que jamais il ne s'estoit trouvé dans un si grand peril.

Rien n'est si agreable que la réponse qu'il fit au Prevost des Marchands de Paris, qui le pressoit de consentir à un impost qu'on eust voulu mettre sur les Fontaines de la Ville pour fournir à la dépense de quarante Deputez de la Republique des Suisses qui estoient venus en France pour renouveller son

ancienne Alliance avec cé
Royaume , & cette réponse
fut , que ce Magiftrat trouvaft quelque autre expedient
que de changer l'eau en vin,
qui eft un Miracle qui avoit
efté refervé à JESUS-CHRIST.
Les Chreftiens croyent que
ce JESUS s'eftant trouvé à des
Nôces où le vin manqua, il
fit ce Miracle de changer
l'eau en vin , & pour ton in-
ftruction il eft bon que tu fçâ-
ches que les Suifles aiment
plus le vin que toutes chofes au monde, & ils n'ont pas
tout à fait tort.

On peut dire que ce Prin-
ce en embraffant la Religion
Catholique , & par fes Victoires acquit plus de Provinces à la France que n'avoient

fait beaucoup de ſes Prede-
ceſſeurs enſemble , il eſtablit
la Religion Romaine dans plus
de trois cent Villes , & fit des
baſtimens ſomptueux dans
Paris , & dans pluſieurs autres lieux.

Ce brave Roy alla à la guerre dés l'âge de 15. ans , à 17.
il tüa un ennemi , & l'année
enſuite il ſauva la vie dans
un combat à un de ſes Capitaines , & eût un Cheval tüé
ſous luy. Il s'eſt trouvé à cinq
batailles , à plus de cent combats , & il a eſté à plus de
deux cent Sieges de Places;
Il ſoûtint ſept Guerres differentes , dans leſquelles ſes ennemis meſmes avoüent qu'il
s'eſt vû cinquante - cinq armées ſur les bras , dans des

temps , & des lieux differents , & qu'il y a presque
toûjours eû quelque avantage
considerable.

Ceux qui luy ont donné le
nom de grand lui ont donné
son veritable nom. Il a esté
en veneration à toutes les Nations, & tu n'ignores pas que
nos Sultans qui ont toûjours
esté les plus redoutables , &
les plus puissans Monarques
de la terre ont admiré , &
mesme craint un si grand
Roy , qui avoit fait craindre
tous les Princes de l'Eu-
rope.

On compte avec plus de
cinquante Historiens qui ont
écrit sa vie, plus de cinq cent
panegiristes ou Poëtes qui ont
publié ses loüanges.

Je

Je te laisse presentement la liberté de comparer ce Roy, à ceux que tu voudras choisir parmy les Heros dont tu as connoissance. Si Mahomet II. surnommé Boive à cause de ses entreprises, n'a pas fait plus que luy, il peut lui estre comparé dans les actions de Guerre, avec cette difference que le Roy Henry conquit les Gaules qui estoient de son patrimoine, & Mahomet conquit douze Royaumes, & un Empire, parce qu'il estoit persuadé que toute la terre estoit à luy. Henry soûmit la Ville de Paris, & Mahomet se rendit Maistre de Constantinople, l'une & l'autre les deux plus fameuses villes du monde.

II. Partie.   Bb

Le Roy des François laiſſa
une infinité de marques de ſa
grandeur, & ſur le marbre
& dans les Livres des Auteurs
les plus celebres, & Mahomet ne laiſſa ſur ſon tombeau
que celles qui devoient apprendre, ce qu'il avoit eû
deſſein de faire & qu'il n'a-
voit pû executer qui eſtoit de
prendre Rode, & de ſubju-
guer la ſuperbe Italie.

Il faut auſſi avoüer qu'on
ne trouve en aucun Prince
Mahometan la clemence
qu'on admire dans Henry, &
l'on peut dire qu'il fut plus
grand en ſe ſurmontant luy-
meſme, qu'il ne le fut à vaincre ſes ennemis. Au contraire de Mahomet qui n'a montré d'humanité que pour un

bœuf qu'il fit nourrir avec grãd
foin , parce qu'il ne voulut jamais abandonner le tombeau
de fon Maiftre que ce Prince avoit fait tüer , & il y de-
meuroit toûjours , exprimant
fa douleur par des mugiffe-
mens horribles. Dans toute
autre occafion , il fut toûjours cruel , fort éloigné en
cela du Prince François qui
careffa fouvent, & fit mefme
du bien à ceux qui avoient
verfé fon fang : Mahomet
par une action barbare fit ouvrir le ventre à vingt de fes
Pages tres innocens , pour découvrir celuy qui avoit man-
gé un Melon dans fon jardin,
Henry aima les Dames , &
eût de grandes confiderations
pour ce fexe , & Mahomet ja-

loux de la trop grande beauté de fa Maiftreffe, luy coupa luy-mefme la tefte en plein Divan. Et d'ailleurs fi Mahomet donna dans l'Orient un grand exemple de juftice en faifant mourir fon propre fils pour avoir violé la fille du Bacha Achmet dans un bain, Henry en donna un plus grand dans fa perfonne même, en reparant à la tefte de fon armée l'outrage qu'il avoit fait à une jeune fille dont il n'avoit point à craindre des fuites fâcheufes. Garde-moy le fecret fur ces jugemens que je fais, & fois toûjours difcret fi tu veux qu'on entretienne, quelque commerce avec toy.

Fais à prefent comme les

Abeilles prens fur tant de fleurs qu'on te prefente ce qui te paroiftra de plus doux pour rendre l'efprit, & le cœur de Muftafa doux comme le miel, & auffi aifé à manier que la cire.

Je te pourrois raconter encore beaucoup de chofes fort confiderables de ce Roy Henry, mais je n'ay pas crû qu'il fût neceffaire de t'écrire tout, afin de te donner lieu d'imaginer toy-mefme ce qu'a pû faire un Prince plein de courage qui a reftabli fa fortune par fa feule valeur.

Avertis moy de ton depart, & quand tu feras arrivé au lieu de la retraite qu'on te prefcrit, n'oublie pas ton fidelle amy Mahmut qui fou-

Bb iij

haitte que tu fois un Precepteur heureux du fils d'un Prince, & Miniftre fidelle d'un fage Empereur.

A Paris, le 18. de la Lune de 1639.

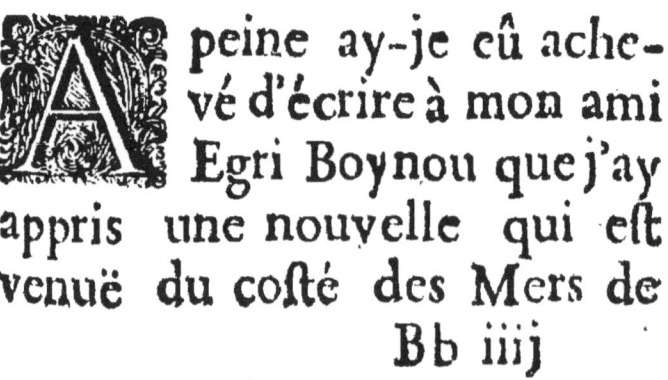

LETTRE

L I.

A

MVSLV REIS

Effendi, premier Se-cretaire de l'Empire Ottoman.

A peine ay-je eû ache-vé d'écrire à mon ami Egri Boynou que j'ay appris une nouvelle qui est venuë du costé des Mers de

Bb iiij

Provence , que je t'écris ,
parce que c'eſt un évenement
ſi extraordinaire & qui fait
tant de ſcandale qu'il eſt à
propos que toy qui es vieux
& ſage , tu en ſois inſtruit
pour le faire enregiſtrer dans
les Livres ſacrez de l'Empire
qui ſont commis à ta garde.

Aſſam Bacha Corſaire d'Alger , eſt mort à 47. ans, on
en a eû icy des nouvelles certaines , & on raconte ſa mort
avec des circonſtances ſi ig-
nominieuſes , & ſi des-hono-
rantes , que les ennemis même de l'Alcoran en ont horreur.

On écrit que ſe voyant à
l'extremité de ſa vie, il a fait
eſtrangler deux jeunes Eſclaves Chreſtiens , d'une naiſ-

fance Noble , & dont la ri-
cheffe pouvoit faire efperer une
groffe rançon , fans alleguer
aucune raifon de fa cruauté
aprés avoir même affûré qu'il
n'avoit aucun lieu de fe plaindre de leur conduite , & qu'il
avoit mefme remarqué à certaines lignes qu'il voyoit fur
leurs vifages qu'ils avoient un
bon naturel , & qu'ils fe con-
ferveroient toûjours dans les
fentimens que doivent avoir
d'honneftes-gens. Quand on
a voulu l'enfevelir , on luy a
trouvé autour des reins une
maniere d'écharpe de foye
tres-fine avec ces paroles en
caracteres d'or , Affam Baf-
fa veut qu'on mette dans le
mefme tombeau avec luy ,
toute vivante la plus belle

des Efclaves , parce qu'il eft
bien aife de faire le voyage
de l'autre monde en bonne
compagnie.

La nouvelle d'une avan-
ture fi terrible a réveillé
dans l'ame des François la
haine qu'ils ont pour nous, &
leur a fait renouveller leurs
maledictions , & cela avec
tant de chaleur, que je me
tiens caché , parce que je
ne pourrois m'empefcher de
m'emporter , & que je ne
dois pas endurer tranquille-
ment les blafphêmes de nos
ennemis. Il eft affeuré que
ce monftre de cruauté eft
dans l'autre monde entre les
mains des Anges noirs.

Plaife au grand Dieu qu'un
crime fi abominable ne cor-

rompe pas le reste de l'Affrique
Mais s'il m'est permis de te
donner encore un conseil', fais en sorte par ton authorité qu'on deterre le corps
de cet Impie Assam , qu'on
le brusle , & qu'on en jette les cendres dans la Mer
Mediterranée , pour en é-
teindre à jamais le souvenir.

Mahmut te saluë de la
Ville de l'univers la plus
remplie de bruit, & te sou-
haitte à Constantinople , ou
en quelque autre lieu que
tu sois , une longue suite
d'années heureuses , & aprés
ta mort la joüissance de la
beatitude de nos cent vingt
quatre mille Prophetes.

A Paris le 18. *de la Lune
de* 1639.

LETTRE

LXII.

A

L'INVINCIBLE

Vizir Azem.

Au Camp sous Babylone.

 VANT que de te rendre compte, grand & magnanime Vizir, de tout ce que j'ay fait pour contenter la curiosi-

té du Cardinal de Richelieu, je suis obligé de te dire de quelle maniere je passe le temps de loisir qui me reste des occupations necessaires où m'engage mon ministere.

Il ne m'est pas possible de bien observer les mouvemens de cette Cour sans y aller, & sans pratiquer une grande quantité de gens illustres en toutes sortes d'Arts, des gens qui ont acquis une grande experience à la guerre par la quantité de campagnes qu'ils y ont faites, à la navigation par leurs frequentes courses, sur les Mers, de ceux qui sont versez dans les Mathematiques, dans la Politique, & mesme dans la Musique, & pour tout dire en un

mot, dans toutes fortes d'Arts
& de fçiences que les Philofophes enfeignent dans les
Ecoles, & que l'experience
du monde & les voyages apprennent.

A prendre les gens de cette Cour enfemble, on y trouve tout ce que je viens de dire, il fe rencontre mefme
quelquefois des particuliers
qui poffedent à la fois tous
ces differens talens, & on peut
dire que le Cardinal de Richelieu eft de ce nombre. Il
n'eft pas content de fçavoir
de luy-mefme beaucoup de
chofes, il cherche de nouvelles lumieres dans le commerce
de toutes les perfonnes de merite qui abordent icy, & il ne
neglige rien pour enrichir ce

Royaume de nouvelles con-
noiffances, & de tout ce que
les fciences & les beaux Arts
peuvent fournir, par l'amour
qu'il a pour fa patrie, & l'envie qu'il a de rendre fon mi-
niftere plus fameux.

Tu vois par là, invincible
Bafcha, que pour pratiquer des
courtifans qui ont tant de
qualitez differentes, il faut au
moins en avoir quelqu'une,
afin de pouvoir fe mefler dans
les converfations, pour y pouvoir parler quelque-fois à fon
tour, & faire quelque chofe
de plus qu'écouter.

Pour me mettre en état de
faire ce que je viens de dire,
l'étude où je me fuis appliqué
pendant que j'eftois efclave
en Sicile me fert de beaucoup,

mais elle n'eſt pas ſuffiſante.
Ce que j'appris dans cette Iſle
me fut neceſſaire pour entendre ces livres , mais non pas
pour connoiſtre les hommes.
Or connoiſſant qu'il faloit
pour le commerce où je ſuis
engagé, une grande diſſimu-
lation , beaucoup de ſoupleſſe
dans l'eſprit , une grande prudence , ſouvent beaucoup
d'hypocriſie , de l'éloquence
& de l'érudition pour bien
parler dans les occaſions qui
ſe preſentent, une grande lecture des livres pour avoir la
connoiſſance des choſes an-
ciennes & modernes, une fine
politique pour ſe découvrir &
ſe cacher ſuivant qu'il eſt utile, & pour contrefaire quelquefois l'homme de bien,
utile

rien ne m'a paru de plus utile
que l'étude de l'Histoire. C'est
à quoy je me suis fortement
appliqué , & parce qu'il ne
suffit pas de peu de livres pour
cette étude , & que la quantité fait aussi confusion , j'ai
trouvé le moyen d'avoir l'entrée dans le cabinet d'un vieillard venerable & tres-sçavant
qui n'a que des livres choisis,
& qui a voyagé dans presque
toutes les parties du monde:
non pas comme Apollonius,
pour apprendre le langage
des oiseaux & celuy des bê-
tes , mais pour connoistre les
Coûtumes , les Loix , les vertus, & les defauts des Nations. J'ai voulu premiere-
ment sçavoir tous les prodi-
ges que le Dieu des Juifs a

II. Partie.   C c

faits en faveur de ce peuple
ingrat. J'ai aprés étudié la vie
& la doctrine du Meffie que
les Chreftiens adorent: enfui-
te j'ai voulu fçavoir ce qu'ont
fait de plus confiderable Athene & Sparthe, Thebe & Che-
rinthe, Rome & Carthage, &
j'ai confideré avec foin quelles Divinitez on adoroit dans
ces Villes fi fameufes , & ce
qui eftoit l'objet du culte principal de ces Philofophes fi
vantez, & de ces grands Capitaines , qui faifoient tant
d'oftentation de leur Religion, & qui dans le fond n'en
avoient aucune. Aprés avoir
nourri mon efprit par la lecture de ce que les Chreftiens
appellent le Vieux & Nou-
veau Teftament , de celle de

Joseph qui traitte des Anti-
quitez Judaïques, de Xeno-
phon, de Polybe, de Tucy-
dide, de Tite-Live, & de
Corneille Tacite : ma plus
grande application a esté &
sera d'oresnavant à lire & me-
diter sur les precieux ouvrages du precepteur de Trajan
ce grand Plutarque, particu-
lieremennt sur les Vies des
Hommes Illustres tant Grecs
que Romains, qu'il rapporte
avec tant d'exactitude.

C'est où je suis arrivé en si
peu de temps, & c'est où je
m'arresterai. J'ai appris par
la lecture de Plutarque à amu-
ser ainsi le Cardinal de Richelieu, à qui je me presen-
tai il y a deux jours, & je luy
ay remis entre les mains le

discours suivant fait à la maniere des Chrestiens, & je me
suis dépoüillé, pour ainsi di-
dire, des manieres & du stile
des Turcs, comme j'ai fait de
leur habit, pour mieux dégui-
ser Titus l'esclave fidele du
grand Amurath.

GRAND CARDINAL
& tres-sage Ministre du plus grand Roy des Chré-tiens.

ITE de Moldavie se
presente par tes ordres
devant toy, non pas pour t'entretenir des richesses de l'A-
sie, ni de quelle maniere par
la sagesse de tes conseils, &
les forces du Roy ton Souve-

rain, tu pourras détruire le
puissant Empire des Turcs,
de qui tu n'as aucun sujet de
te plaindre, mais pour te dire
ce qu'il a crû mieux conve-
nir à la grandeur de ton genie ; sçache sage Moderateur
de la Monarchie Françoise,
que je ne te deviendrai point
odieux pour t'avoir proposé
quelque chose dont l'execution te fasses repentir de m'a-
voir crû ; mais je te propose-
rai au contraire une entreprise que tu trouveras facile, &
où tu dois estre assuré de
beaucoup de gloire. Ton Roy
a un fils qui heritera un jour
des grandeurs & de l'authori-
te de son pere ; tu ne peux
pas sçavoir quel genie aura
l'heritier de ce grand Royau-

me, & il eſt encore trop enfant pour en donner des marques ſur leſquelles on puiſſe
établir quelque fondement:
mais un Prince attendu pendant un ſi long-temps de-
mande qu'on forme pour luy
des deſſeins extraordinaires,
& qu'on faſſe de grands ap-
preſts de bonne heure pour élever un logement qui ſoit digne de luy. Je veux te pro-
poſer un Palais d'une Archi-
tecture miraculeuſe qu'on n'a
jamais vûë, & qu'on n'a pas
meſme imaginée pour ſervir
à ce Prince & dans ſon enfance & dans ſa vieilleſſe, &
tu pourras de tes propres
mains élever dans Paris ce
ſuperbe Palais, qui doit eſtre
d'une figure carrée, de qui les

angles regaredront l'Europe,
l'Afie, l'Afrique & l'Ame-
rique encore, dont les richeffes attirent toutes les Nations chez elle. Tu n'auras
pas befoin de pierre de chaux,
de fable, de bois, ni de fer.
Les Architectes que tu em-
ployeras auront le fecret avec
leur plume, leur encre & leur
papier d'élever cet édifice qui
fera d'une plus longue & plus
certaine durée, que le Pan-
cteon d'Agrippa, & où de même que dans le Temple de
Salomon, on n'entendra point
de coups de marteau.

Ce ne font point, fage Armand, des chimeres que Tite
fe foit mifes dans la tefte, ce
font des propofitions qui me
paroiffent bien fondées, &

que je ne fais que pour obeïr
aux ordres que j'ay reçûs de
toy. Ecoute le deſſein de ce
majeſtueux Palais, de qui les
fondemens ſont déja élevez
par Plutarque avec des mate-
riaux plus precieux que l'or le
plus pur. Tu ſçais le bonheur
qu'a eu ce Philoſophe à rendre immortelles les actions de
tant de grands Hommes, de
qui peut-eſtre on ne parleroit
point, ſi Plutarque les avoit
voulu taire. On lit preſentement dans les Provinces
les plus reculées des Indes,
écrites ſur des feuïlles & ſur
l'écorce des arbres, les Vies
d'Alexandre, & de Ceſar, de
Scipion, de Pompée, & de
Xerxes. Parmi les Solitaires
de l'Arabie la plus deſerte, &
parmi

parmi les Dervis qui demeurent à Medine, on trouve écrites en caracteres Arabes, les Histoires de Numa, d'Aristide, de Caton, d'Utique, de Licurgue, & d'Epaminondas. Les Espagnols & les Portugais ont rendu cet Autheur si fameux dans la Chine & dans le Japon, que ces Barbares non contens d'avoir fait traduire dans leurs Langues toutes les Vies des Grecs, & des Romains, ils ont ordonné, si je ne me trompe, que tous les cinq ans, on en fasse de nouvelles copies, afin qu'elles se conservent éternellement. J'ai vû moi-mesme à Constantinople plus de cent volumes en papier de Soye, où les ouvrages de ce fameux Grec

II. Partie.   D d

font lûs avec veneration des
plus grands Capitaines , des
hommes de Loy , des Mini-
ftres , & des plus grands du Divan , & ces ouvrages font enrichis de notes très-curieufes
en Arabe , en Perfan & en
Turc , par l'ordre exprés des
Sultans , qui les font conferver comme des monumens illuftres de l'ancienne éloquence Grecque. Tu fçais l'eftime
que le grand Soliman faifoit
de Pompée, de Cefar, de Pirrus & d'Alexandre , & qu'il
n'alloit jamais à aucune entreprife militaire qu'il n'euft auparavant confulté ces grands
Maiftres en l'Art de la guerre, & qu'il avoit accoûtumé
de dire qu'il ne fçavoit fi
Alexandre & Pirrus avoient

montré plus de valeur dans les combats, que Plutarque de Cheronée avoit fait voir d'efprit & de fageffe en écrivant. Mais dans un voyage que j'ai fait en Alemagne que ne m'en dit point un vieux Rabin, aprés m'avoir montré les Vies des Hommes Illuftres de cet incomparable Autheur traduites en Hebreu, qu'il portoit toûjours avec luy ; il m'affura que les Curieux de fa Religion en faifoient un fi grand cas, qu'il y en a plus de dix mille exemplaires manufcrits répandus dans des Synagogues d'Orient & d'Occident.

Les enfans, les ignorans, & les femmes fçavent le cas qu'on fait de ce fameux Autheur dans toute noftre Europe, il parle prefentement toutes les Langues du monde, & les Efpagnols, les Anglois, les Italiens, les Alemans, les Polonois & les Holandois l'ont naturalifé chez eux, & tu fçais, tres-experimenté Miniftre, que dans ce Royaume de France les fçavans non contens de l'avoir traduit dans leur idiome, ils parent avec foin leurs Bibliotheques de cet Autheur, en fa Langue naturelle, & ils ont reciieilli les traductions Latines, Efpagnoles & Italiennes qu'on en a fait.

Mais il y a deformais feize fiecles que Plutarque garde le filence, tant d'hommes fameux par leur fçavoir, & tant de grands Capitaines qui ont vécu depuis font inconnus au monde, parce qu'il n'y a point eu de Plutarque qui les ait connus. Voila le fuperbe édifice que je te propofe de finir, Prince amoureux de la veritable gloire , Dieu t'a donné le genie avec la puiflance neceflaire pour achever ce que Plutarque a fi utilement commencé. Eleve prefentement par ton authorité fur les fondemens precieux qu'a jetté cet incomparable Philofophe, les murailles & le toict de ce vafte édifice. Ordonne qu'on prepare des logemens pour tous les Heros qui n'ont pû avoir entrée dans ce premier baftiment. Je veux dire ces Morts illuftres de qui les Vies

n'ont point esté soigneuse-
ment recuëillies, & qui ont
dû honorer l'Europe, l'Afie
& l'Afrique, où ils font nez,
& le nouveau Monde te fournira pour remplir ce Palais des
Atabalippa & des Montezu-
mes.

Tu feras par là le reftaurateur des ruines que le temps
a faites, & en relevant les fta-
tuës de tant d'hommes merveilleux dans le gouvernement des Etats, dans le métier de la guerre & dans les
Lettres, tu t'en éleveras une
infinité par tout le monde,
comme fit le premier Empereur des Romains. Il ne fert de
rien de dire qu'il y a eu une
grande quantité d'Autheurs
qui ont écrit depuis Plutarque

l'Hiſtoire des pluſieurs grands
Capitaines , des Rois & des
Miniſtres qui ont fait connoître leurs grandes qualitez ,
& dans la guerre & dans la
paix. Je dirai avec la permiſ-
ſion de ces Meſſieurs, que tres-
peu de ces Ecrivains ayant
obſervé le merveilleux ordre
de Plutarque ou leurs ouvrages ont eſté perdus & oubliez,
ou ſe font trouvez tres-obſ-
ſcurs à cauſe de leur trop
grande brieveté, & ce qu'il y
a eu de meilleur, ſe trouve
confondu dans le cahos de
l'Hiſtoire des Guerres univer-
ſelles , où on a meſlé les
actions particulieres , ou bien
elles ont eſté racontées avec
paſſion par ceux qui les ont
écrites, ce qui fait qu'on ne

distingue point la verité , &
qu'on nous donne des fables,
que l'interest des Historiens
leur a fait inventer , ou qu'ils
ont voulu favoriser. Pour connoistre cette verité examine,
Ministre penetrant , examine
les évenemens plus particulierement rapportez dans les
Vies de François Premier
Roy de France , & celle de
Charles Cinquiéme Empe-
reur, tu trouveras qu'il y en
a qui assurent que Charles
mourut comme un Saint , &
qu'à peine estoit-il expiré,
qu'on vit croistre des lys dans
sa chambre qui rendoient une
odeur merveilleuse ; pendant
que d'autres soûtiennent que
ce Heros est mort Heretique
par les soins de son Confes-

seur , corrompu par les opinions de Luther : & combien
de Romans ne fait-on point
de François Premier ? N'est-on
pas venu jusqu'à dire , qu'il
s'est battu en duel avec cet
Empereur , & que ce Prince
passant par la France , le Roy
par un mouvement de gene-
rosité sans exemple , luy
offrit son Royaume ? Que
Charles avoit un jour occupé
le throsne de François, & qu'il
avoit fait condamner un criminel , & luy avoit aprés donné grace , pour marquer son
autorité ; & n'a t'on pas encore dit que François avoit
pris Charles dans une bataille ? Combien de fausses relations -a-t-on faites d'André
Doria & d'Ariadene Barbe-

roufle deux hommes fameux
fur la Mer, l'un Chreftien &
l'autre Muzulman , & tous
deux Generaux des Armées
Navalles de deux puiffans
Empereurs, Charles-Quint &
Soliman ? N'a t'on pas affuré
que Barberouffe fe trouvant
dans l'Archipelague avoit
rendu une vifite deguifé en
Moine au General Doria, que
dans une Ifle où fe faifoit
l'entrevûë , ils avoient juré
l'un fur l'Evangile & l'autre
fur l'Alcoran , de s'aider l'un
& l'autre à conferver l'autorité que leurs emplois leur
donnoient fur la Mer & à fe
rendre plus neceffaires à
leurs Souverains , qu'ils évite-
roient toûjours de venir à un
combat decifif, pour éviter de

se détruire, de plus & qu'ils a-
voient signé l'un & l'autre ce
Traité avec leur propre sang ?
N'a-t-on pas ajoûté à cette fable que le General Turc avoit
envoyé au General Chrestien
un More qui se disoit trans-
fuge de l'armée Ottomane,
qui portoit à ses aureilles
deux perles d'un prix inesti-
mable, & qu'en échange Doria avoit assuré Barberousse
de ne le troubler point toutes
les fois qu'il voudroit attaquer quelque endroit de l'I-
talie.

Il est temps que sous tes
auspices les vies des grands
personnages soient purgées
de ces faux contes qui les gâ-
tent, & qu'on les insere avec
un bel ordre dans les Livres

de l'excellent Plutarque avec un tel titre.

Voici la suite des Vies des Hommes illustres depuis l'Empereur Trajan jusqu'à Loüis le Iuste, de ceux qui ont excellé dans les armes, dans les Lettres, dans le Gouvernement des Etats, & de ceux qui ont tenu la premiere place dans l'Eglise en quelque lieu du Monde que ce soit, & ces Histoires ont esté recuëillies par une assemblée de gens doétes, & les plus fameux dans les Lettres qui soient en Europe, composée de François, d'Italiens, d'Espagnols, & d'Alemans, sous les heureux auspices de l'Eminent Cardinal Armand de Richelieu.

Je voudrois pour faire cet ouvrage qu'il y eust trois hommes de chaque Nation qui

fiſſent leur ſejour à Paris
comme dans la plus puiſ-
ſante Ville de l'Univers.
Et je propoſe des François,
des Eſpagnols, des Italiens &
des Alemans, comme les Nations les plus polies , & qui
commandent à la plus grande partie de la Terre, & chez
qui l'on a vû paroiſtre les
hommes les plus celebres.
Comme chaque Nation a ſa
maniere particuliere de dire
& de faire, l'édifice ſera plus
agreable, & chaque Archite-
ⱸte aura un plus grand champ
de faire paroiſtre ſon habileté. Ceux qui liront ces Ouvrages trouveront dans la douceur du ſtile des François de
quoy adoucir la gravité trop
ſevere de l'éloquence des

Efpagnols, la fincerité des
Alemans toûjours accompa-
gnée d'un peu de fechereffe
paroiftra fans rudeffe avec les
fleurs & le bon fens des Ecrivains d'Italie : & comme tout
le monde fera intereffé dans
ce magnifique deffein, on ne
doit pas douter que les plus fages de tous ces Etats ne prennent un grand foin pour le
choix des fujets qu'ils propo-
feront. Et enfin fi tu veux
avoir les premiers hommes du
monde, tu as le fecret de faire reffufciter des Plutarques,
ne te laffe point de donner
des marques de ta liberalité,
& fi tu veux trouver des Tite-Live, deviens Mecenas.

Ce n'eft pas à moy de te
dire de quelle maniere il eft

à propos en cette occasion que
tu separes les Nations, & que
tu distribuës ces emplois, tu
es équitable, rien n'approche
de la justesse de ton discerne-
ment, & tu ne feras point
commencer cet ouvrage que
la fin n'ait un succés égal à
son heureux commencement.
Je te ferai seulement souvenir
que tu ne feras pas peu pour
rendre ton immortalité plus
glorieuse, si tu n'oublies pas
les Turcs tes plus fiers ennemis, estant persuadé que tu
trouveras dans le throsne des
Ottomans, parmi les Baschas
& les Vizirs de l'Empire de
l'Asie de quoy enrichir le nouveau Plutarque. Que la grandeur de l'ouvrage ne te rebu-
te point, quelque grand qu'il

soit, ton esprit & ton courage sont encore au dessus, &
on trouvera encore un grand
nombre d'Autheurs anciens
& modernes qui contribuë-
ront à faire reüssir ton entreprise. Suetone te fournira des
Vies des Cesars que tu laisse-
ras dans leur entier, Diogene
Laërce fera la mesme chose
de celles de beaucoup de Phi-
losophes; tu profiteras des ouvrages d'Emilius Probus, de
Paul Joüe & de beaucoup
d'autres qui se sont acquis
une grande gloire par les livres qu'ils ont donnez au Public. Tu trouveras un ébau-
che déja faite de l'Histoire de
deux cens ving-huit Empe-
reurs, depuis Jules Cesar jusqu'à Ferdinand III. & Hi-
braïm

braïm Premier , l'un Empereur d'Alemagne , & l'autre des Turcs, que tu feras examiner foigneufement par l'affemblée que tu auras formé, pour éclaircir les chofes qui paroiftront obfcures , ajoûter ce qui peut y manquer , & retrancher les évenemens dont il n'y aura point de preuve fuffifante, avec ce qui fentira tant-foit peu la fable ; & former enfin des Hiftoires particulieres des vies qui fe trouvent meflées dans l'Hiftoire Univerfelle ; ce qu'ont fait depuis plufieurs fiecles prefque tous ceux qui fe font meflez d'écrire.

Je voudrois auffi que fuivant en tout la maniere de Plutarque , on fift les compa-

II. Partie.   E e

raiſons des hommes illuſtres d'une Nation avec ceux d'une autre, où le ſage Ecrivain aprés avoir peſé les raiſons qui font pour l'un & pour l'autre, prononce une Senten- ce qui divertiſſe & inſtruiſe le Lecteur.

La plus importante inſtru- ction qu'on puiſſe donner eſtant donc le ſecret de con- noiſtre parfaitement l'homme qui cherche avec tant de ſoin à ſe cacher, le vrai moyen eſt de preparer la matiere de fa- çon qu'on le connoiſſe par- faitement ; Afin que le Le- cteur ne perde pas ſon temps, qu'il n'étudie pas en vain, & qu'il puiſſe tirer de ſa lecture le fruit que tout homme de bon ſens y doit chercher, qui

eſt de connoiſtre le bien pour
le faire, & le mal afin de l'é-
viter. Par cette raiſon je croy
que tu ſeras aiſément perſuadé qu'il y a plus de plaiſir à
voir la fermeté de Scipion qui
paſſe avec une ſeule Galere
pour aller trouver Sifax, qu'il
n'y en peut avoir à le conſiderer quand il donne la bataille à Annibal dans la Plaine de Rama ; & qu'on s'inſtruit davantage à voir ce jeune General vainqueur, & aſſez
continent pour renvoyer la
plus belle femme du monde
qui eſtoit ſa priſonniere, à Lu-
cius Prince Eſpagnol ſon mari,
ſans l'avoir touchée, que dans
la relatiõ de cent ſieges de Places, où les effets que produit
la fureur des ſoldats, la faim

soufferte avec la soif, & le sang répandu donnent de l'horreur & ne divertiffent pas. De mefme tu m'avoüeras, fage Armand, qu'un Prince, & un Capitaine feront plus inftruits de voir François Premier qui vit en grand Roy dans fa prifon à Madrid, qui carreffe & recompenfe les hommes de Lettres par tout le monde, & de voir Fabricius qui refufe & mefprife les plus grands honneurs qui luy font propofez avec des richeffes immenfes, & qui arrache le poifon de la bouche du plus grand ennemi du Peuple Romain, que tous les combats & les batailles les plus fanglantes qu'ayent données Pirrus, Char

les-Quint & le grand Tamer-
lan.

Je t'ay fait ce long discours
pour te marquer davantage
mon obeïssance, & Tire de
Moldavie aux pieds de ton
Eminence te supplie de con-
siderer, que quand par tes ne-
gociations, par tes conseils, &
par les armées qui reçoivent
tes ordres, tu auras ajoûté de
nouveaux Royaumes à celuy
de ton maistre, quand pour le
bien du commerce & de la
navigation tu auras joint l'u-
ne & l'autre mer ; & quand
enfin tu éleveras dans Paris
des Ponts, des Pyramides
avec plus de Palais que n'en
ont bastis tous les Cesars &
tous les Rois de l'Egypte.
Tes édifices ne seront point

immortels , & ils feront toûjours fujets aux injures du
temps ; & fi au contraire tu
fais venir les douze Architectes que je t'ay propofez pour
élever le fuperbe Palais, dont
je t'ay parlé ,tous les hommes
de la terre beniront le nom
d'Armand Cardinal de Richelieu Reftaurateur de la Republique des Lettres prefque
renverfée ; & qui de mefme
qu'un autre Archimede , a fçû
par l'exemple de la vertu des
hommes Illuftres que la mort
avoit arrachez au monde
combattre les vices & l'ignorance des vivans.

Si tu n'approuves pas , magnanime Vizir ce que j'ay
propofé au Miniftre du Roy
des François , ne me punis

point d'une faute où l'intention n'a aucune part, ayant
crû au contraire faire une
chofe qui te feroit agreable.
Je n'ai pas crû pouvoir prendre un meilleur parti pour cacher ton efclave Mahmut, &
pour détourner ce Cardinal
de quelques projets qu'on m'a
averti qu'il faifoit contre
l'Empire des Muzulmans. S'il
entreprend le grand ouvrage
que je luy ay propofé, tu vois
que les Sultans y auront quelque part ; & de plus, fi cé
grand homme s'applique à un
deffein qui pourroit feul occu-
per un des plus grands efprits,
ayant outre cela autant d'autres chofes à faire, que nous
luy en voyons entreprendre
pour la gloire de l'Etat, dont

il paroiſt tenir le tymon, il eſt
à croire qu'il oubliera tous les
deſſeins qu'il pourroit avoir de
nous faire la guerre.

Je te ſupplie proſterné à
tes pieds, de te reſſouvenir
qu'on n'approuva point, lorſqu'Athene fut priſe & ſacca-
gée, qu'on brûlaſt ce prodigieux amas de livres de toutes ſortes de ſciences & d'Arts
qui avoient eſté recüeillis
pendant pluſieurs ſiecles, &
conſervez avec un tres-grand
ſoin, d'autant plus qu'on doit
eſtre aſſuré qu'on n'a rien à
craindre de ceux de qui les
lettres font la ſeule application, qui font d'ordinaire tous
gens fort contraires à la guerre, & qui ne peuvent trouver leur compte que dans la
tranquillité

tranquillité d'une paix bien établie.

Tu recevras par la premie-re ordinaire des avis de ce que j'aurai pû découvrir des choses qu'il est important que tu sçaches, ou pour le bien de l'Empire dont tu es le premier mobile, ou pour con-tenter ta curiosité, pourvû que les froids qui sont tres-rigou-reux n'empeschent point le passage des Courriers, com-me il empeschera surement le mouvement des armées, qui sont contraintes de de-meurer dans le repos pendant une saison si fascheuse. Dieu te donne une victoire entiere sur tous les ennemis du puis-sant Amurath, & te rende le

II. Partie.   F f

vainqueur de toutes les Nations.

*A Paris le vingt-huit de la troi-
siéme Lune de 1639*

LETTRE

LIII.

A LUBANO
Abufei-Saad, Che-
valier Egyptien.

E Roy ces jours paf-
fez affifta à un Bal
royal où il y avoit
une grande quantité de Dames & de Cavaliers, & ce
Prince avoit efté fuivi à l'ordinaire d'une foule de Courtifans, dont il feroit difficile
de fçavoir le nombre. Le

Ff ij

Cardinal de Richelieu qui ne
quitte pas ce Prince de vûö
y eftoit auffi. On remarqua
qu'à la fin de la Fefte ce Miniftre voulut fortir devant
tout le monde, mais qu'il
n'ofoit & ne pouvoit fendre
la preffe des gens qui entou-
roient fon Maiftre, ce qui luy
donnoit une impatience qui
eftoit aifée à remarquer. Le
Roy s'en eftant apperçû luy
dit d'un air affez ferieux, &
fe tirant un peu à quartier,
Paffez, paffez, Monfieur le
Cardinal, vous eftes le Maiftre. Or voy une marque de
la prefence d'efprit de ce
grand Miniftre, qui fut frappé de ces paroles : il ne répondit rien, mais prenant un
flambeau des mains d'un Pa-

ge il le porta luy-mefme devant le Roy avec un vifage
qui ne fit paroiftre ni dépit ni
furprife. Ceux qui avoient
obfervé le nom de Maiftre
que luy avoit donné le Roy,
firent des jugemens fort avantageux de cet homme extraordinaire, & il y en eut qui
dirent qu'en s'abaiflant trop
bas, il faifoit affez connoiftre
le deflein qu'il avoit de s'é-
lever davantage, mais chacun
fait là deflus des reflexions,
& juge comme il luy plaift,
je ferai bien aife de fçavoir ce
que tu en penfes.

Je t'écris ce petit évenement, parce que je me fouviens de ce que tu as efté capable de faire en prefence de
ton Maiftre, quand tu fçûs

te jetter fi à propos d'une fe-
neftre en bas pour ramaffer
un billet qu'Amurat avoit
laiffé tomber, & comme ton
action eft devenuë publique
en ce pays mefme , on luy
compara auffi-toft celle du
Cardinal avec cette difference pourtant que le Cardinal
fans s'élever de terre a fait
un plus grand faut que le tien.
Dieu te preferve de tomber
dans un precipice fi tu as affez de folie pour vouloir fau-
ter une feconde fois.

*A Paris le ving-huit de la troi-
fiéme Lune de 1639.*

LETTRE

LIV.

A

MEHEMET
Page Eunuque.

 U releves d'une grande maladie, & j'en attens une. Il y a déja quelques jours que j'ay une langueur qui m'abat extremement, mais

F f iiij

par la grace de l'immortel je ne fuis pas encore en état de recourir au Medecin. La lettre que j'ay reçû de toy cette Lune-cy a apporté quelque foulagement à la triftesse qui m'accabloit, & qui m'est un mal assez ordinaire, dans la necessité où je fuis de vivre éloigné de mes amis, de ma patrie, & mesme pour ainsi dire de ma Religion. Et quoy-qu'il paroisse difficile d'aimer pendant l'absence, & d'estre faint en passant fa vie dans un lieu prophane, ne croy pas neanmoins que l'amitié fe tiedisse ni que la pieté diminuë, quand on s'est fait une Mosquée de son cœur, & que les amis y font toû-jours presens. Sois persuadé

qu'il eſt impoſſible que Mahmut devienne infidele, & qu'il
perde la chaleur qu'il a pour
ſes amis, parce qu'il ne ceſſe
jamais d'aimer quand il a une
fois commencé. Il eſt vrai
que je m'appelle preſentement Titus, & que je ſuis
veſtu d'vne maniere bizarre,
mais il eſt vrai auſſi que je
t'aimerai juſques ſur les autels.

Les anciens Grecs ont écrit
beaucoup de choſes de l'amitié, & des devoirs de l'ami :
mais il en reſte plus à dire
encore qu'ils n'en ont dit,
comme il en reſte plus à faire
qu'ils n'en ont fait. Il y a un
nombre infini de gens qui
s'appellent amis, mais où
trouveras-tu un homme qui
donne des preuves de cette

veritable & folide amitié. Je
ne vais en aucun lieu que je
ne le porte avec moy. Fais-en
de mefme à Conftantinople,
avertis-moy de ce qui fe paffe dans le Serail , & donne-
moy des nouvelles de nos parens & de nos amis communs,
& enfin de tout ce qui fe paffe en Afie.

Je ne te manderai point les
nouvelles de ce qui fe fait
parmi les Infideles, eftant las
pour les avoir toutes écrites
au Grand Vizir & au Kaima-
can. Ne fais pas comme moy,
& comme ton employ te laiffe beaucoup de loifir, fais que
ton ami aye de tes lettres au
moins une fois chaque Lune.

J'ay beaucoup ri , & je ne
puis encore m'empefcher de

rire de la plaifante avanture
de la femme de Chambre de
la vieille efclave avec l'Eunuque Melec-Aubi. Vive Mahomet , je croy que ce faint
Prophete aura ri luy-mefme
dans fon Paradis , quand l'Ange qui luy fert de Meffager
pour luy rapporter ce qui fe
paffe dans ce monde luy aura
appris , ce que ces deux perfonnes faifoient ridiculement
en fon honneur. Y peut-il
avoir une fimplicité plus im-
pertinente que de manger toutes les nuits un verfet de l'Alcoran écrit fur un morçeau
de fatin de la Chine. Où cet
Eunuque ton camarade a-t-il
appris une fi étrange fuperfti-
tion? & par quel efprit autho-
rifoit-il celle de cet efclave ,

en prenant la peine d'écrire
ces verſets de ſa main ? &
quand pretendoient-ils l'un
& l'autre avoir achevé ce feſtin, s'il leur faut pour manger
tout l'Alcoran ſix mille qua-
rante-trois jours , puiſque ce
ſaint Livre a autāt de Verſets.
Fais moy ſçavoir je te prie , la
fin de leur priſon. Je ne puis
m'imaginer qu'on leur faſſe
ſouffrir aucune peine , car enfin ce qu'ils ont fait n'a tout au
plus que l'apparence d'une devotion ridicule , & il n'y en a
point qu'ils euſſent la penſée
de faire rien de criminel. Le
grand & venerable Mufti de-
cidera bien-toſt l'affaire , &
j'ay une grande curioſité d'apprendre de quelle façon il
traitera une pareille matiere ,

& comme il jugera d'une avanture qui m'a fort étonné & m'a beaucoup fait rire.

A propos de cela, je te veux raconter une visite que je fis à un Solitaire dans mon voyage d'Alemagne, qui passoit sa vie éloigné du commerce du monde dans un Hermitage fort caché, qui n'est qu'à quinze mille de Vienne. Cet homme qui est à present fort vieux a passé quarante ans de sa vie dans une grande austerité, en faisant tout ce que font nos Santons les plus fameux, & il faut que tu sçaches ce qui l'avoit obligé à faire une si rude penitence, & à se retirer de la sorte. On assu que dans sa premiere jeunesse

ayant esté menacé de la prison pour quelque desobeïssan-
ce, il s'estoit caché dans la
maison d'un ami fort fidele,
& que s'estant mis dans un
tonneau couvert de paille où
on luy portoit secretement à
manger, Il s'estoit sanctifié
comme tu vas apprendre. On
compte pour une cho-
se tres-certaine que pendant
qu'il estoit ainsi caché dans
son tonneau, un homme en-
tra dans le grenier où estoit
sa prison avec la sœur de son
hoste, & que ces deux personnes se croyant seules estoient
venuës à des privautez qui
scandaliserent tellement ce
nouveau Diogene, qui voyoit
tout ce qui se passoit à tra-
vers les fentes de son tonneau,

que ne pouvant retenir le reſ-
ſentiment qu'il en avoit , il s'é-
cria ainſi par un ſaint antou-
ſiaſme. Dieu vous voit , ſce-
lerats , & il y a des hommes
encore qui vous regardent , &
ſon tranſport fut ſi grand que
le tonneau ſe renverſa & fit
tant de bruit qu'il épouventa
ſi fort ces deux amants, que
le galant deſcendant par un
degré pour s'enfuir ſe tua, &
la Dame demeura paſmée
dans le meſme lieu , ce qui
luy cauſa une maladie qui la
retint au lit pendant pluſieurs
années. Une avanture ſi étrange , & la vûë d'un ſpectacle
ſi ſale & ſi tragique, touche-
rent ſi fort ce jeune homme
qu'il ſe retira dés lors dans la
ſolitude où il eſt. Il n'y vit

que d'herbes cruës & d'eau
toute feule, & l'averfion qu'il
a conçûë en cette occafion
pour les femmes eft fi grande
qu'il n'y en a point qui ofe
paroiftre devant luy. Il y en
eut deux qui eurent la curiofité de voir cet Hermite en
habit d'homme, mais elles fe
repentirent bien-toft de la vifite qu'elles luy rendirent,
parce que ce Solitaire plein
de dépit & de colere leur parla ainfi. Allez-vous en de-
mons precipitez du Ciel pour
la perte des hommes, je vous
reconnois bien, & je ne puis
vous voir qu'avec horreur. Il
fait des exhortations aux jeunes gens qui le vont voir, &
aprés leur avoir remontré le
foin qu'ils doivent avoir de
vivre

vivre avec pureté, & de travailler à vaincre les paſſions,
ou la nature corrompuë les
rend ſujets, il les exhorte auſſi
à mettre un miroir devant
eux lorſqu'ils ſont en colere,
ou qu'ils s'emportent à quelque action brutale & deshon-
neſte.

Je t'ay fait une plus longue
lettre que je ne croiois, reçois comme une marque de
mon amitié le long-temps
que je me ſuis entretenu avec
toy, quand je croiois ne te dire que deux mots. Rends la
lettre que je t'adreſſe en main
propre à Zelim de Rhode, elle contient des choſes qui
importent fort à ſa vie, & du
reſte aime toûjours ton fidele
Mahmut, pendant que je prie-

II. Partie.   G g

rai le Souverain des plus grands Monarques comme des autres hommes : qu'il nous donne une eternelle felicité aprés cette vie, & la grace de pouvoir paroistre innocens devant son redoutable tribunal où tous les hommes sont jugez.

A Paris le vingt-huit de la troisiéme Lune de 16,9.

LETTRE

LV.

A ZELIM
de Rhode, Capitaine
d'une Galere.

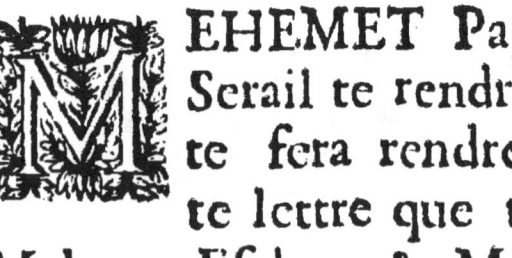MEHEMET Page du Serail te rendra, ou te fera rendre cette lettre que t'écrit Mahmut Esclave & Ministre fidele du grand Sultan, l'invincible & l'heureux Amurat,

qui m'ordonne de le servir en
ce pays-cy. Tu n'auras pas
besoin que je t'envoye le portrait d'un homme qui part de
la Ligurie pour aller à Constantinople, en resolution de
te donner la mort. Tu le pourras aisement connoiſtre puiſ-
qu'il a eſté six ans eſclave ſur
ta Galere. Le Juif Adonai
me donne de Genne cet avis
ſi important pour ta vie, & il
ajoûte qu'il eſt parti avec un
frere qu'il a, reſolu de perir
ou de ſe venger d'une grande
injure que tu luy as faite.

Il a rempli l'Italie du bruit
de tes cruautez. Il publie
qu'aprés avoir eſſayé par toutes ſortes de voyes de le rendre Turc, voyant que ni les
preſens ni les promeſſes ne te

pouvoient perſuader , tu luy
as fait ſouffrir le martyre le
plus cruel qu'un homme puiſſe endurer; & qu'eſtant endormi par un breuvage que tu
luy avois fait donner , tu luy
avois fait couper les parties
ſervant à la generation. Les
armes qu'il porte pour ſe défaire de toy te fraperont ſans
faire de bruit, & ſans que tu
t'en apperçoives en quelque
lieu que tu puiſſes eſtre , ſi tu
ne te tiens bien ſur tes gardes. Il cache ce qui te doit
donner la mort dans un petit
livre dont il ſe ſert pour prier
ſon Dieu. La vengeance qui
donne toûjours beaucoup
d'induſtrie , luy a fait trouver
le moyen de cacher dans ce
petit livre une petite fleche

de fer empoisonné , qui est renfermée avec tant d'art dans le cuir qui couvre ce livre , qu'il en est decoché comme d'un arc , & frappe avec tant de violence & de promptitude qu'on n'en peut parer le coup, que celuy qui en est frappé ne sent point, & qui ne laisse aucune marque, pas mesme de la moindre goutte de sang , ni d'aucune blessure, tant cette arme mortelle est delicatement faite, de sorte qu'il faut mourir necessairement si l'on en est atteint.

Je ne doute point que cet audacieux ne se cache, ou ne soit déguisé de sorte que tu auras de la peine à le découvrir. Maïs ayant eu l'avis,

c'eſt à toy preſentement à bien
prendre tes precautions. Et
cependant corrige-toy de la
cruauté que tu as euë par le
paſſé ? Tu commandes une Galere armée de forçats qui vivent à tes dépens , tu comptes
parmi tes richeſſes trois cens
eſclaves Chreſtiens, qui culti-
vent tes jardins , & qui te ſervent à la navigation, & tu n'as
jamais penſé que ce ſont des
hommes qui te peuvent ſau-
ver la vie , ou te donner la
mort , & que courant les Mers
comme tu fais , il n'eſt pas impoſſible que tu te trouves au
meſme eſtat que ſont ces gens-
là. Tu n'as ſans doute jamais
penſé que la mort eſt plus
ſupportable que l'eſclavage,
& que ceux qui mépriſent

leur vie font maiftres de celles des autres ; Dieu te garde d'un fi grand malheur &
te fafſe la grace de ne pas
maltraiter ceux que tu dois
aimer , parce qu'enfin tes efclaves te fervent & te procu-
rent du bien. Suis mon confeil, tu as trois cens ennemis
dans ta maifon , fais ce que
tu pourras pour gagner leur
amitié. Apprens cela d'un
Romain d'une grande repu-
tation , qui faifoit nourrir fes
efclaves par fa femme du même lait que fes enfans. Si tu
n'en veux pas tant faire, cefſe
au moins d'eftre cruel , autrement tu feras plus efclave que
tes efclaves mefme. Si tu ne
peux te refoudre à épargner
ces gens-là pour l'amour d'eux,

fois

fois touché de leur malheur, & les épargne pour l'amour de toy. C'eſt le moyen de vivre avec une ſi grande tranquillité qu'on te portera envie comme à un homme de bien & puiſſant. Que le ſaint Prophete te faſſe éviter le peril dont tu es menacé, & faſſe perir le temeraire Chrêtien qui te veut aſſaſſiner.

A Paris le vingt-huit de la troiſiéme Lune de 1639.

II. Partie.   **Hh**

LETTRE
LVI.

A

L'INVINCIBLE Vizir Azem.

Au Camp devant Babylone.

ON parle icy diverse-
ment des preparatifs
que fait le Grand Sei-
gneur pour la guerre, & on

confond l'ancienne Babylone
avec Suſe & Bagdet, mais cela n'importe en rien. Il eſt
aſſuré que tous les vœux des
Infideles ſont en ta faveur,
ils te voudroient voir vainqueur non ſeulement de Babylone, mais de tout l'Orient,
afin qu'Amurat ne retournaſt
pas ſi toſt en Grece , & qu'il
choiſiſt un lieu plus éloigné
pour le Siege de ſon Empire.
On fait courir le bruit en cette
Cour que l'invincible Sultan
mene à cette guerre quatre
cens mille hommes de pied,
cent cinquante mille chevaux
& deux cens Baſſas , & de plus
douze Princes Tributaires de
la Porte : & on dit en meſme
temps que Bagdet eſt une Place imprenable, & qu'on n'en

pourra venir à bout fans
miracle, qu'une riviere la plus
rapide qui foit au monde paffe au milieu, que cette Place
a cent portes de bronze, &
que fes murailles qui font fort
élevées font défenduës par
trois cens pieces de canon,
que les forces des Perfans
font fuffifantes pour fatiguer
l'armée Ottomane; & que l'e-
xemple de Cha Abbas, pere
du Sofi qui regne aujourd'hui
fur les Perfes augmentera leur
valeur, & leur obftination à
fouffrir plûtoft les dernieres
extremitez que de fe rendre.
On éleve fi fort la refolution
temeraire de ce Roy Abbas
au dernier fiege de cette grande Ville , & on luy donne
tant de loüanges, qu'il ne re-

ste presque rien à dire d'A-
murat. Il leur paroist que ce
que fit ce Prince de passer &
repasser plus d'une fois dans
une barque à la vûë de deux
cens mille Turcs, pour avertir luy-mesme les assiegez de
l'estat des choses, & leur donner un nouveau courage, en
les assurant qu'ils seroient
bien-tost secourus, & d'avoir
en mesme temps porté sur soy
de quoy s'empescher de tomber vivant ou mort entre les
mains de ses ennemis, fut une
action au dessus de toutes les
éloges, & qu'on ne peut imaginer plus grande. On dit que
ce Roy avoit porté dans sa
barque deux grosses pierres
attachées à une mesme corde,
pour se les mettre au col &

se perdre ainsi dans cette riviere qui est d'une profon-
deur prodigieuse, en cas qu'il
fust découvert. On ajoûte à
tout cela qu'Amurat qui ne
se peut saouler de sang re-
compensera tes services en te
sacrifiant comme ton predecesseur.

Ces Infideles tiennent encore d'autres discours fort im-
pertinens, & confondent les
choses qui sont veritables avec
les fausses, comme ils font la
justice & la liberalité du genereux & toûjours invincible
Sultan, avec la cruauté & l'a-
varice qu'on luy reproche.
On dit mesme que les Sequins
qu'il fit distribuer le jour qu'il
fut proclamé Empereur ne va-
loient pas la moitié de leur

prix. Qu'il n'a fait étrangler Mehemet Ruftan Bacha du Caire, que pour fe rendre maiftre de fon bien. On ajoûte encore que ce Prince ayant eu avis qu'une Galere avoit efté prife avec foixante-quinze des plus grands Officiers de la Porte qui eftoient deffus, pendant qu'il eftoit à fe divertir dans une maifon de Plaifance qu'il a à l'entrée de l'Afie : il dit en riant, Beuvons à la fanté des ames de ces braves gens. On foûtient outre cela qu'ayant donné fa parole & promis fureté entiere au brave Facardin Prince Arabe, il luy fit donner mille coups de poignard en fa prefence. Mais que ne dit-on point de la mort qu'il

fait donner en mesme temps
au Moufti, & à Cyrille Pa-
triarche des Grecs. On dé-
peint enfin Amurat comme
un sacrilege qui mesprise sa
Religion, & on dit aussi qu'il
est heretique & ennemi de
nostre saint Prophete. On
compte des particularitez de
la mort de Cyrille, qui me
font apprehender qu'il n'y ait
des traistres à la Porte, & que
les infideles soient avertis de
ce qui s'y passe de plus secret. Il y en a qui disent que
son éloquence l'avoit rendu
redoutable à Amurat, & qu'il
dit ces paroles precises lorsqu'on le conduisit au Château
des sept Tours. Si je puis
parler une seule fois à nostre
grand Empereur, il sera forcé

de m'aimer ou à fe repentir,
& on affure qu'ayant voyagé
en Angleterre, il y avoit appris la Magie. Bien des gens
croyent qu'il vouloit intro-
duire des nouveautez dans fa
Religion, & que dans ce deffein il avoit de grandes liaifons avec des Moines du rit
Latin ; & on fçait icy que
lorfqu'on luy eut prononcé
fa Sentence, il dit qu'il ref-
fufciteroit pour tourmenter
l'Empereur & broüiller tout
l'Empire. Les François aprés
avoir blâmé tout ce que je
viens de dire, loüent extremement la moderation d'A-
murat lorfqu'aprés avoir pris
l'Efpion du Perfan qui s'eftoit
gliffé dans fon Camp en habit Turc & meflé parmi les

veritables Fideles, il le careffa & le renvoya avec de riches prefens. Ils admirent
auffi la patience qu'eut ce
grand Prince de fe contenter
de condamner aux Galeres
les trente Pellerins Indiens
qui furent caufe qu'au milieu
de la Capitalle de fon Empire il tomba de fon cheval,
qui fut épouventé lorfque ces
hommes avec des figures &
des habits étranges fe jette-
rent à terre pour luy demander l'aumofne : mais on accufe en mefme temps de bruta-
lité ce grand Empereur, pour
avoir tué de fa main fur la
place le cheval qui l'avoit jetté à terre. Les difcours de cette nature quelques injurieux
qu'ils foient ne font pas de

grande importance, mais si
je ne me trompe on negocie
quelque chose contre nous
avec la Republique de Venize. Je remarque que son Ambassadeur depuis la perte que
nous avons faite de quinze
Galeres à la Valonce a de
frequentes & secretes conferences avec le Roy & le Cardinal de Richelieu. Comme
on ne doute point que l'Empire Ottoman ne se veüille
venger d'une injure si atroce,
on croit aussi que les Venitiens feront tous leurs efforts
pour unir & liguer les Princes Chrestiens, & il est à
craindre qu'ils ne prennent
le temps que l'Empereur est
occupé au siege de Babilone
pour faire quelque entreprise

ou fe mettre en eftat de ne pouvoir plus eftre attaquez. J'obferverai foigneufement toutes les démarches de l'Ambaffadeur Venitien, & s'il eft neceffaire je dépecherai un Courrier exprés au Kaimakan. J'adore ta grandeur, enfeveli dans la poudre de tes pieds.

A Paris le dixiéme de la quatriéme Lune de 1639.

LETTRE

LVII.

AU

MESME.

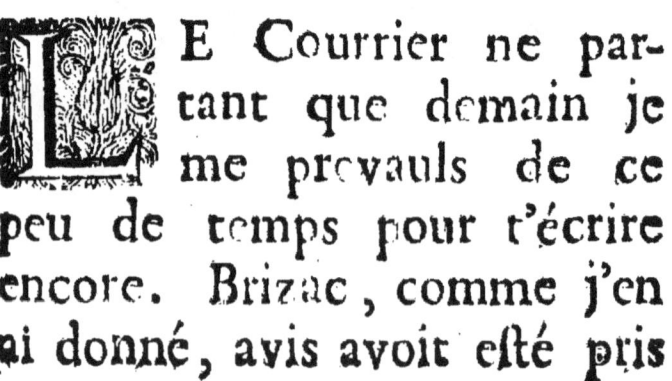

E Courrier ne partant que demain je me prevauls de ce peu de temps pour t'écrire encore. Brizac, comme j'en ai donné, avis avoit esté pris

par les forces de France & de
Suede, & le Duc de Wimar
qui commande l'armée se
vante qu'ayant pû se rendre
maiftre de cette Place qu'on
avoit toûjours affiegée en vain,
il en prendra bien d'autres,
& qu'il n'y en peut avoir qui
luy fafle deformais de refiftance.

Le Marefchal de Bannier
l'un des Generaux des ar-
mées Suedoifes fatiguoit encore les Imperiaux dans la
Pomeranie, il avoit pris Gratz
Place confiderable, & battu
Galas l'un des Generaux de
l'Empereur d'Alemagne. Mais
la fortune ayant changé de
face, elle a favorifé l'Empereur contre les troupes du Pa-
latin qui eft demeuré prifon-

nier avec le Prince Robert son frere, aprés avoir penfé fe noyer dans la riviere de Wezer, où il fut entraifné dans fon carroffe par fes chevaux qui avoient pris l'épouvente au bruit des armes; & ces Princes malheureux ont perdu dans cette occafion avec leur liberté ce qui leur reftoit de plus precieux. Les Suedois cependant fe font fortifiez par la jonction de nouvelles troupes, ils font de frequentes courfes fur les Imperiaux, & on juge que cette guerre durera long-temps, par les grands apprefts qui fe font de tous coftez & particulierement par les François qui n'abandonnent pas leurs alliez & à qui il paroift important qu'elle ne finisse pas si tost.

On mande d'Italie, qu'on a découvert en Piémont de nouvelles caballes des Princes de la Maison de Savoye, qui veulent chasser la Duchesse Regente, & se rendre maistres du Gouvernement pendant la minorité du jeune Duc. Il y a un Cardinal de ce nom homme d'une grande ambition, qui aime la guerre, & qui est fort liberal. Il voudroit bien avoir la plus grande part au Gouvernement, & estre le maistre de la destinée de son neveu. Ce Cardinal s'estoit caché dans l'Etat de Gennes, où il estoit dans un habit peu sortable à son caractere, & d'où il envoyoit ses ordres pour l'execution de ce qu'il avoit

avoit concerté avec fes parti-
fans : mais la confpiration
n'ayant pas réüffi, elle a efté
caufe d'une fanglante trage-
die parmi fes complices. On
dit que ce Prince s'eftant deguifé deux fois en Payfan il
eftoit entré avec un fac de
fruit fur fon dos , dans une
des plus confiderables Villes
de Piemont , afin de donner
par fa prefence plus de chaleur à fon party ; & qu'avec
une plus grande hardieffe il
eftoit entré dans Turin même
en habit de Capucin avec
une longue barbe & forte
épaiffe , & qu'il y avoit demeuré deux jours , non pas à
deffein de fe défaire du Prince ou de fa mere , mais pour
fe rendre le maiftre de l'un &

de l'autre, afin de gouverner
l'Etat tout feul. Mais la con-
juration ayant efté découver-
te & les complices arreftez
on en a fait mourir quatre-
vingts par la main du Bourreau, & il s'eft échappé par
un nouveau ftratagême. Un
Secretaire d'Etat de Savoye
s'eft trouvé des conjurez qu'on
a fait mourir. Un autre Cardinal qui commande l'armée
de France envoyé pour le fecours du Duc & de la Du-
cheffe avoit fait auffi mourir
le Gouverneur de Cazal accufé d'une grande & noire
trahifon, quoy-qu'il n'en fuft
pas entierement convaincu.

On écrit de Rome que
deux Ambaffadeurs du Roy
de Hongrie, qui vient d'eftre

élû Empereur d'Alemagne
avoient fait une entrée magnifique dans cette grande
Ville veftus à la Hongroife
avec des veftes à cet ufage
qu'ils appellent icy à la bar-
barefque , qu'ils avoient plus
de cent chevaux dont tous
les harnois eftoient d'or , &
les fers des pieds d'argent, &
qu'on avoit principalement
remarqué, que tous les Miniftres des Princes qui fe trouvent en cette Cour avoient
envoyé leurs gens pour les
accompagner dans leur entrée
afin qu'elle paruft encore plus
magnifique, & ces deux Ambaffadeurs du nouvel Empereur eftant arrivez à la prefence du Mufti des Infideles
qu'ils appellent le Pape , ils

luy dirent que leur Prince continuëroit à luy rendre l'obeïſſance que luy rendoit ſon pere Ferdinand Empereur qui venoit de mourir, & qu'il recommandoit à ſa Sainteté ſa perſonne, ſa Maiſon & ſon Etat comme nouvel Empereur élû par les ſuffrages des Princes Electeurs de l'Empire. Conſidere Vizir magnanime, quelle eſt l'autorité de ce Mufti : ceux qui ont l'audace de reſiſter aux Muzulmans s'abaiſſent à ſes pieds qu'ils baiſent effectivement avant que d'ouvrir la bouche pour luy parler. Les plus grands des Princes Chreſtiens ont accoûtumé de choiſir parmi les perſonnes les plus conſiderables de leur Etat les Ambaſ

fadeurs qu'ils envoyent avec
une dépenfe prodigieufe rendre leur hommage à ce Chef
de l'Eglife Latine & à l'Eglife. De plus ces Ambaffadeurs
du nouveau Cæfar ont affuré
de fa part le Pape qu'il fera
la guerre jufqu'à la mort aux
ennemis de la Loy des Chrê-
tiens, & principalement aux
Turcs: & on dit qu'ils en ont
reçu cette réponfe.

Qu'il avoit toûjours aimé
comme fon fils le Roy d'Hongrie qui venoit d'eftre élevé
au throfne des Cefars, qu'il
l'affifteroit toûjours de fes
confeils, & qu'il l'exhortoit à
employer toûjours fes armes
victorieufes contre les ennemis de la Croix, & que de
fon cofté il employeroit le fe-

cours de ses prieres, que l'E-
glise ouvriroit ses thresors en
accordant des Indulgences, &
qu'il fourniroit outre cela de
l'argent & des soldats.

Les gens qui joüissant d'un
grand repos s'amusent à dis-
courir sur les évenemens, &
ceux qui consultent les Astres
pour penetrer l'avenir, ont
fait le mariage ces jours passez d'un Prince né depuis
quelques mois avec une Princesse née presque dans le même temps : c'est le Daufin de
France à qui ils destinent pour
femme une Infante d'Espagne
née depuis peu à Madrid. Il
est vrai qu'au moment que
cette Princesse a vû le jour,
le Roy d'Espagne Philippe &
les Grands du Royaume ont

fait à l'envi des festes pour
solenniser cette naissance
comme on a fait en France
pour celle du Daufin , & ils
les ont accompagnées d'une
magnificence extraordinaire ,
& fait des liberalitez prodigieuses , les Sujets voulant
encore rencherir sur ce que
faisoit leur Souverain.

Le Roy Catholique a don-
né la qualité de Grand du
Royaume au Duc de Modene
qui a esté le parain de l'Infante , & il l'a déclaré Gene-
ralissime des quatre Mers,
Oceane , d'Orient , d'Occident, & du Septentrion avec
un appointement de vingt
mille Sequins d'or , il a de
plus fait des presens tres-ma-
gnifiques & tres-galans à la

Duchesse sa femme qu'on esti-
me valoir plus de cent mille
écus, & outre cela il a fait
Chevalier, de saint Jacques
beaucoup de Gentilhommes
de la Cour de ce Prince.

L'Electeur de Brandebourg
a aussi fait faire de grandes
festes dans sa Maison & dans
tous ses Etats, pour le mariage qu'il a fait de sa fille avec
le fils du Duc de Saxe, & à
l'heure que je t'écris, je viens
d'apprendre qu'il est né un
fils à ce Roy d'Hongrie qui
ne fait que d'estre élû Empereur. Mais pendant qu'on
estoit occupé par tant de ré-
joüissances en plusieurs endroits de l'Europe, une tem-
peste imprevûë a ruiné des
pays entiers en Alemagne, le

dommage

dommage qu'elle a fait dans la Franconie & vers Francfort eft incroyable , & il s'en eft peu falu que ce mefme Roy d'Hongrie, dont je viens de parler, fe trouvant alors à la chaffe d'un fanglier, n'ait pas peri par un tourbillon de vent qui ayant arraché un chefne d'une prodigieufe grof-feur l'avoit jetté avec une im-petuofité tres-grande , & il eftoit tombé fi prés de ce Prince, qu'il avoit efté bleffé par une des branches quoy-que tres-legerement.

Je prie le Ciel que toute la fageffe de noftre faint Pro-phete , & la benediction du grand Dieu foit toûjours fur toy & en toy , & qu'il aug-mente toûjours tes forces &

II. Partie.   K k

ton bonheur pour la ruine de ces Persans heretiques, & que l'Etat de ces Infideles soit soûmis par ton épée à l'authorité de nostre redoutable Empereur.

A Paris le dixiéme de la quatriéme Lune de 1639.

LETTRE

LVIII.

A

BREDEDIN

Superieur des Dervis dans le Convent de Cogny en Natolie.

U es heureux de vivre toûjours, & de vivre avec sainteté. Je porte envie à ta grande vieilleſſe, quoy-que je

Ll ij

ne sois pas las d'estre plus jeune en recevant ta lettre , je
me trouve accablé d'un mal
qui me fait fort apprehender
pour ma vie. Aprés quinze
jours de langueur , les forces
m'ont enfin tout-à-fait abandonné , & il a falu ceder au
mal , que je ne connois point
encore , & il faudra que je
me serve de Medecin , ne
voulant point me fier à ceux
de ce pays-cy , qui tuënt ceux
qui se confient à eux , comme
ils feroient ceux qui les auroient offensez. Si je demande à ces Docteurs leur avis
ils disent que le danger est
évident , & que la guerison est
fort douteuse , quand je t'é-
cris ce cy , ne dis pas que je
commence à resver , car je

dis la pure verité Ils me tuëront indubitablement si je leur découvre sous quel climas je suis né , & peut-estre par hasard me gueriront-ils si je leur dis que je suis de Moldavie , dont l'air est fort different de celuy d'Arabie où je suis venu au monde. A quelle misere l'homme est-il sujet, de ne pouvoir pas même dire la verité quand ce seroit pour se sauver la vie. Prie pour moy, saint Dervis, & si tu ne reçois plus de mes lettres sois persuadé que Mahmut a cessé de vivre, pardonne-moy aussi les offenses que je puis t'avoir faites, ce qui aura toûjours esté contre mon intention. Adieu, nous nous reverons en Dieu,

K k iij

avec Dieu & dans le fein de Dieu .

*A Paris le douZiéme de la cin-
quiéme Lune de 1659.*

LETTRE

LIX.

A

O COU MICHE
ſa mere.

A Scio.

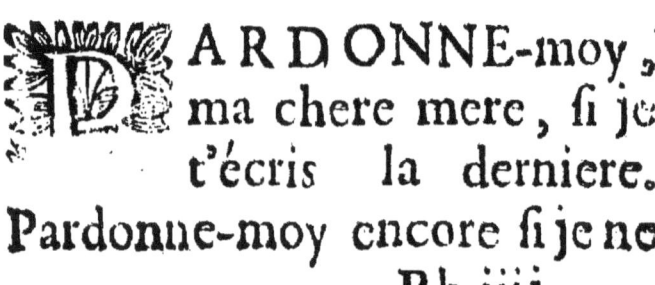ARDONNE-moy,
ma chere mere, ſi je
t'écris la derniere.
Pardonne-moy encore ſi je ne

Bb iiij

t'ai pas écrit pour te rendre
des marques de mon respect
pendant que j'estois en santé ;
& souffre que je te cherche
quand peut-estre en me cher-
chant tu ne me pourras plus
trouver. Je suis prest à mourir, ne t'afflige point si Dieu
m'appelle à luy, quoy-que je
me retrouve dans un pays
d'infideles, il y faut subir la
loy de la mort, qui se trouve
également établie chez tous
les peuples. La plus mauvaise nouvelle que je te puisse
donner, est que d'ordinaire
ceux qui desirent le plus de
vivre long-temps sont ceux
qui meurent le plus-tost, &
je n'ai point de honte à te
dire que je suis de ce nombre.
Je ne me puis encore resou-

dre à quitter ce bas monde.
O vie malheureuse ! ô mort
épouventable. Quelles ap-
prehenſions n'ay-je point, & de
quels terreurs ne ſuis-je pas
troublé depuis que je vis parmi les Chreſtiens. Ils prê-
chent contre noſtre Alcoran,
& nous déclamons contre
leur Evangile. Ils ſoûtien-
nent que Mahomet eſtoit un
grand impoſteur, & nous l'a-
dorons. Ils croyent ſeuls connoiſtre la verité, ils veulent
eſtre les ſeuls parmi qui l'on
trouve des Saints, & les Elûs
de Dieu : & que ſera-ce de
nous, ſi nous nous ſommes
attachez à des erreurs, & que
noſtre Alcoran ne ſoit qu'un
tiſſu de menſonges ; je ſuis en
eſtat preſentement de recher-

cher la verité, mais aussi de te dire des choses qui pour-roient t'ennuyer.

Je n'ai eu aucune nouvel-le de toy ni bonne ni mau-vaise, non plus que de ton nouvel époux, Dieu veüille que le bon Grec avec qui tu t'es mariée aye les vices de ton premier mari & de mon pere, tu sçais bien ce que je veux dire. Tu sçais qu'il s'ap-pelloit luy-mesme vicieux, parce qu'il haïssoit les vertus du vulgaire.

Je ne te remercie point de m'avoir donné la vie, parce que c'est sans doute à quoi tu pensois le moins quand tu de-vins grosse de moy. Mais si tu attens quelque recompense pour m'avoir allaité de tes

propres mamelles , n'attends
que des paroles de remercie-
ment d'un pauvre esclave qui
n'a rien. Aime & haï tout le
temps de ta vie, voila le plus
grand heritage que tu puisses
avoir d'un fils qui se prepare
à mourir. Grave ces paroles
dans ton cœur. Aime toû-
jours ce qui est honneste, &
aye en horreur les vices , tu
aimeras parfaitement , & tu
ne haïras jamais personne.

Si mon frere Pestely vit encore , salüe-le de ma part,
donne luy un baiser innocent,
& touche luy dans la main.
Que nostre grand Prophete
protege ta vieillesse & la soû-
tienne avec le plus fort bâ-
ton du Mont Liban , & que
par un effet de la misericorde

du tres-Haut tu fois accompagnée d'une connoiſſance
parfaite juſqu'à la derniere
heure de ta vie. Adieu.

LETTRE

LX.

A

PESTELI HALI
son frere.

J'ECRIS aux per-
sonnes que j'aime le
plus, avant que de
mourir, & tu es le troisième
à qui je fais sçavoir de mes

nouvelles, quoy qu'à compter
par la place que tu tiens dans
mon cœur tu fois le premier.
Nous nous reverrons, mon
cher Pefteli dans le fiecle où
l'on reçoit continuellement
la recompenfe des bonnes
œuvres, & où les chaftiments
des crimes ne finiffent jamais.
Ma lettre eft écrite dans cette penfée, parce que je croy
paroiftre bien-toft devant.
Dieu pour en eftre Juge.
Quand j'arrivai dans cette
grande Ville je fus étourdi
de la confufion qu'on y trouve, mais je n'en reçûs point
d'autre incommodité, quoy-
que le temps y foit fort incon-
ftant l'air y eft neanmoins bon,
les alimens nourriffent & font
agreables au gouft, l'eau de

la feine eft douce & legere, les hommes y font de bon commerce, & ne font aucune peine, les femmes ne m'ont point fait de mal, le Roy ne m'a point maltraitté, le Cardinal de Richelieu fon Premier Miniftre ne m'empefche point de vivre à ma mode, noftre grand Empereur ne m'a fait aucune menace, & cependant mon mal eft venu avec impetuofité; une triftef-fe exceffive m'a faifi le cœur, & je commence à tomber dans une langueur infupportable. Si tu conferves encore de l'amitié pour moy, lis cette lettre avec affection, oublie les déplaifirs que je te puis avoir faits; & fi je fuis parti fans te découvrir le fecret de mon voyage, & le ministere où je suis employé, rends graces au Ciel de ce qu'il m'a donné la force de sacrifier la tendresse que j'ay pour un frere si cher, à l'obeissance que je dois à mon Empereur.

Nostre mere commune te saluëra de ma part en te donnant un baiser, reçois-le comme venant de moy-mesme. Conserve ta probité & sois homme de bien en Asie & en Europe, & si tu vas en Afrique ne t'y laisses point corrompre par les mauvais exemples. Ce n'est pas sans verser des larmes que je t'écris cette lettre, mais ne pleure point si je meurs, & ne te réjoüis point aussi si je réchappe, car

je

je n'en ferai pas moins mortel , & ce tribut que je man-
querai à payer aujourd'huy,
toy & moy le payerons un
jour avec le refte des hommes. Prepare toy à trouver
que tu auras aflez vécu quand
il te faudra mourir, apprens
tous les jours de ta vie à fçavoir mourir, plûtoft qu'à vivre, & fi tu veux parvenir à
une extreme vieilleffe , commence dans ta jeuneffe à vivre en vieillard.

Que le grand Dieu te con-
ferve toûjours la vigueur d'efprit que tu as , & pour te donner les connoiffances qui te
manquent , faffe marcher tes
pieds où il faut , & enfin fi
tu veux devenir le premïer
Capitaine du monde, apprens

II. Partie.   L l

à te vaincre toy-mesme.
Adieu.

A Paris, le douze de la Lune de 1639.

LETTRE

LXI.

A

DG NET OGLOV.

S I je te difois que je me porte bien ce fe-roit une menterie que je te dirois, je fuis tombé malade tout d'un coup , & j'attends une longue maladie que je voudrois bien éviter, & peut-eftre fera-t-elle courte &

L l ij

mortelle. Il y a déja quelques
jours que je fuis tombé dans
une langueur infupportable,
& je n'ai pas une partie faine
dans tout mon corps, quoy-
que j'aye tous mes membres
dans leur entier. Une fievre
lente qui ne me quitte point
me fait fouvent penfer à l'autre vie, je n'ai plus d'appetit,
Le pain que je mange tous
les jours me paroift comme
de la figuë , la folitude me
paroift effroyable , & la compagnie m'ennuye , je ne puis
avoir aucune attention à ce
qu'on dit, & il m'eft impoffible de fouffrir qu'on ne parle
point ; il n'y a que le boire
qui me faffe quelque plaifir,
& me donne du foulagement;
mais auffi-toft que j'ai bû je

recommence à avoir foif. Je dors avec peine, & quand j'ay dormi je me trouve plus rompu & plus fatigué que fi j'avois toûjours veillé ; & ce que j'aimois hier me paroiftra demain haiffable. Tu fçais la paffion que j'avois pour les livres, elle s'eft changée en un ennuy inconcevable. Si le Soleil entre dans ma chambre je ferme auffi-toft mes feneftres pour n'en pouvoir fupporter la lumiere, & dés que j'ai demeuré un moment dans l'obfcurité, je recherche à revoir le jour. Paris où l'on peut dire qu'il vient des étrangers de toutes parts, pour y admirer les merveielles qu'on y trouve, & y chercher les plaifirs de la vie, me pa-

roiſt preſentement un hoſpi-
tal des fols, je ne reſpire qu'a-
prés Conſtantinople, je ſou-
haitte ardamment d'eſtre avec
mes amis parce que je ne
les voi point, & je ſuis perſuadé que je trouverois en
leur compagnie le ſoulage-
ment qui m'eſt neceſſaire.
Voilà l'état malheureux où ſe
trouve ton ami ſans eſperer
de voir encore des Turbans,
& des Muzulmans. Ainſi l'on
peut dire qu'eſtant éloigné de
toy, mon corps eſt éloigné de
ſon ame. J'ai autant d'horreur de la vûë d'un Medecin
ignorant, que l'Empereur
Alexandre Severe en avoit
pour celle d'un Juge injuſte;
& je regarde un petit valet
qui me ſert, comme un mal

neceſſaire. Mais je me veux
un peu divertir malgré le mal
qui m'accable , & te faire un
peu rire. Il n'y a pas encore
trois mois que j'ai un ennemi
chez moy , c'eſt un valet né
François ,& fol par ſon choix,
de ſtature de Pigmée , & geant
en malignité , il eſt veſtu comme les graces, il eſt à moitié
nud , & il porte des brode-
quins comme les divinitez
des Poëtes , parce qu'il eſt à
moitié déchauſſé, ſa fonction
ordinaire eſt de baleyer tous
les jours ma chambre, qui ne
laiſſe pas d'eſtre auſſi ſale que
l'écurie d'Augis tous les mois
de l'année , quand je ſuis
éveillé il dort , & il eſt toûjours éveillé quand je dors,
depuis treize ans qu'il eſt né

il ne fe reſſouvient point d'a-
voir eſté deux heures ſans
manger, quand il ne mange
pas devant le monde de peur
de me faire honte, il ronge
toûjours quelque choſe en
particulier. Pour l'avoir avec
moy il faut que je le ſuive,
& à preſent que je ſuis arreſté par ma maladie il mange
autant que quatre hommes
fort ſains. On ne ſçait point
encore qui de nous deux eſt
le maiſtre, particulierement
quand nous nous trouvons
dans les ruës, où il fait des
civilitez à la Grecque, car jamais il n'oſte ſon chapeau de
ſa teſte. Il a les inclinations
d'un Prince, d'où vient qu'il
eſt plus habile à me dépoüil-
ler, qu'il n'eſt à m'habiller, ce
qui

qui fait que pour n'eſtre pas
tout-à-fait nud je me garde
fort de ſes mains. Il eſt d'ailleurs politique autant qu'un
Florentin , quand il s'agit de
faire quelque choſe de bon il
a la lenteur d'un Fabius , &
pour en achever entierement
une mauvaiſe, il va auſſi viſte
que Ceſar dans ſes expedi-
tions : ce qui fait que je ne
dois qu'à mon bras & à ma
main le ſervice que j'en tire ,
car il eſt comme les aromates
d'Orient qui ne ſentent jamais mieux que lorſqu'ils ſont
bien pillez ; & quant à ſa religion , on diroit qu'il croit
la Metempſicoſe , tant il con-
ſerve ſoigneuſement les poux
qui le mangent , de peur en
les tuant de faire quelque

II. Partie. **Mm**

chofe qui foit contraire aux preceptes de Pitagore. Il eft outre cela ennemi irreconciliable de la propreté, de l'eau, & de la verité, & il eft plus puant qu'une Synagogue, plus yvrogne qu'un Suiffe, & plus menteur qu'un Oracle. Cependant mon mal augmente à tous momens, & mon ennemi domeftique fe porte fi bien qu'il attend affurement ma mort pour vivre plus honorablement de ma dépoüille. Je fuis aujourd'huy tout different de ce que j'eftois hier, & je ne fçai fi je ne ferai point demain un grand voyage fans efperance de retourner jamais à la maifon. Cher ami, prie l'Immortel pour moy, & fouviens toy

que nous avons esté une fois
sous le pouvoir des autres &
dans l'esclavage. Si je re-
chappe j'aurai la joye de ne
te voir jamais dans le triste
état où je suis, & si je ne
puis éviter la mort, j'aurai la
satisfaction de la souffrir avant
toy. Mais apprens pour ta
consolation que je ne me des-
espere pas, quoy-que je me
plaigne fort, & que pour
craindre beaucoup je ne
perds pas entierement le courage. Je cesse de t'écrire,
mais je ne cesserai jamais de
t'aimer. Le fidele Mahmut
t'embrasse de tout son cœur
dans ce pays d'Infideles, éloigné de toute consolacion
t'ayant toûjours present dans

l'esprit avec tout ce qui te
regarde.

A Paris le douze de la quatriè-
me Lune de 1639.

LETTRE

LXII.

AU

KAIMAKAM.

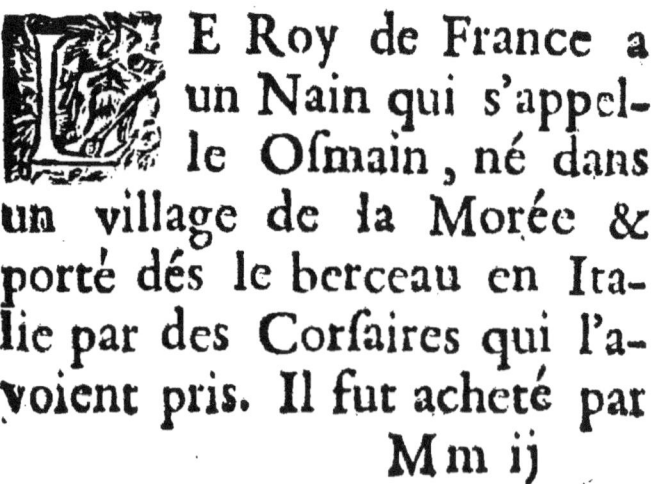

E Roy de France a
un Nain qui s'appel-
le Ofmain, né dans
un village de la Morée &
porté dés le berceau en Italie par des Corſaires qui l'a-
voient pris. Il fut acheté par

Mm ij

un Seigneur Espagnol qui en
fit aprés un present à ce Roy-
cy en passant par Paris, & ce
present fut fait de fort bonne
grace à la maniere de cette
Nation, qui rend recomman-
dable & donne un air de magnificence aux moindres choses qu'elle donne par la façon dont elle l'offre. L'Espagnol aprés avoir presenté son
Nain se teut, & le Nain fit le
discours suivant.

SIRE, je suis Chrestien,
quoy-que mes parens soient
Turcs, si tu me reçois volontiers
pour ton esclave, je te reçois en-
core plus volontiers pour mon
Maistre, parce que tu es un Roy
clement & juste, mais je suis o-
bligé de t'avertir que si tu veux

faire en maiſtre qui joint la ſageſſe à la bonté, tu ne dois jamais me faire du mal, & jamais
auſſi de grands biens. Si tu me
donnes le moyen d'acquerir trop
de richeſſes, & que tu m'ouvres
la porte aux honneurs, je deviendrai vicieux & inſolent,
donne-moy ſeulement une choſe
qu'il ne ſoit plus aprés en ton
pouvoir de m'oſter, rends-moy un
homme vertueux, en me donnant
un homme qui prenne le ſoin de
m'inſtruire, & ſi tu m'accordes
cette grace, je me vengerai de la
nature qui n'a produit en moy
(pour ainſi dire) qu'un atome,
au lieu de faire un homme, & peut-
eſtre ferai-je repentir un jour tes
courtiſans de ſe mocquer aujour-
d'huy de moy.

Oſmin a ſi bien réüſſi, & il

est venu en un tel credit par
la subtilité de son esprit, &
par la promptitude de ses re-
parties, qu'il fait presentement les delices des honnê-
tes gens de la Cour, & il est
devenu le fleau des mauvais.
J'ay appris de ce nain la plus
importante de toutes les nouvelles que je te puisse envoyer. Estant venu me voir
aujourd'huy pour me soula-
ger, & me divertir dans l'accablement où m'a mis mon
mal, il m'a dit que s'estant
trouvé ces jours passez dans
la chambre d'une Dame des
premiers rangs où il estoit à
se divertir secretement avec
une de ses Damoiselles, il fut
obligé de se cacher promptement sous une tapisserie pour

n'eftre pas furpris en cet endroit, où cette Dame eftoit entrée tout d'un coup avec l'Ambaffadeur de la Republique de Venize qui refide d'ordinaire en cette Cour, & où il entendit le difcours fuivant de la bouche propre de ce Miniftre.

MADAME, je vous découvrirai volontiers prefentement que nous fommes feuls, les fentimens de la Republique que je fers, touchant les affaires des Turcs, pourvû que vous me donniez voftre parole de me rendre deux Offices differens. Il eft abfolument neceffaire que nous faifions la guerre à ces Barbares devant qu'ils nous la déclarent; La Maifon Ottomane eft comme le compas de Mathematique qui s'élargit plus on le presse. Vous sçavez déja la celebre victoire de nostre General Capello qui a mené en triomphe toutes les Galeres d'Afrique qu'il a prises ; mais quoy-qu'Amurat soit occupé sur les Frontieres de la Perse au siege d'une Place tres-importante , il menace déja de venger la defaite de ces Barbares. Les Ministres de la Porte le pressent mesme de faire paroistre son ressentiment , & nous sçavons pour chose certaine par des relations secrettes que nous avons reçües du camp des Turcs devant Babylone , que le Grand Seigneur a dit en plain Divan qu'il veut luy-mesme jetter le premier le feu dans nostre Arsenal , pour brûler tout d'un coup le plus grand Bâtiment qui soit dans l'Vnivers.

Ce que vous pouvez faire pour le service de la Republique est de presser le Roy dont l'ame est toute Chrestienne, de proteger en cette occasion la cause commune, & pour cet effet de faire promptement la paix, ou de conclure une Treve avec ses ennemis, afin d'estre en estat de joindre ses forces maritimes à celles que nous avons ; d'un autre costé nous souhaitterions que vous voulussiez persuader tout le contraire au Cardinal de Richelieu, parce que ce Ministre n'ayant pas d'ordinaire de grands égards aux conseils des femmes, & qu'il ne fait pas tout le cas qu'il devroit des vostres ; il fera nos affaires en voulant s'obstiner à vous contredire, & je ne doute point que cet artifice ne reüssisse, si vous luy faites per-

ſuader que le Roy eſt dans la re-
ſolution de ne nous donner aucun
ſecours. Il court quelque bruit
que noſtre Baïle a eſté arreſté à
Conſtantinople, & qu'il eſt retenu priſonnier dans le Chaſteau
des ſept Tours par l'ordre du Kai-
macan, & on ajoûte que le Grand
Seigneur propoſe la paix au Per-
ſan, pour rétourner promptement
en Europe, afin que n'ayant plus
rien à faire de ce coſté là, il
puiſſe tourner toutes ſes forces contre la Republique.

Le Pape nous promet beaucoup,
& nous devons eſtre aſſûrez qu'il
nous tiendra ſa parole, il eſt le
plus intereſſé dans nos affaires. Il
fournira de l'argent, il joindra
ſes Galeres à celles de la Republique, & il nous ſecourera encore d'un bon nombre de braves

gens ; le Roy d'Espagne promet de nous donner quarante Galeres fournies de tout ce qui sera necessaire pour une longue campagne, avec cinquante vaisseaux de guerre. Le grand Duc de Toscane se fait fort de nous envoyer un secours de huit vaisseaux & de six Galeres bien armées. Le Roy de Pologne promet outre cela de faire courir sur les Terres des Infideles une armée de cinquante mille Cosaques, & les Vscoques ravageront toutes les Mers de Levant avec leurs Brigantins, & particulierement l'Archipel; pour ce qui regarde la Republique, elle fera en cette occasion des choses qui étonneront toute la terre, & surprendront tous les Princes Chrestiens. Les principales familles de Venize se sont déja of-

fertes de mettre en mer, & d'entretenir à leurs dépens un vaif-
feau jufqu'à la fin de la guerre,
& tous les gros Chafteaux &
Villes de terre ferme offrent li-
brement de fournir à la Republique cinquante mille ducats par
mois. Il faut à prefent que ce
Royaume qui ne peut eftre épuifé
d'hommes, où l'on trouve un
grand nombre de bons Capitaines,
qui eft riche en argent, & prefentement tres-puiffant fur la Mer,
non feulement ne trouble point un
fi noble & fi utile projet en con-
tinuant la guerre à l'Efpagne,
mais que luy-mefme donne le
mouvement à une fi grande entreprife en fourniffant des fecours
de foldats, d'argent, de vaiffeaux
& de Galeres. Si vous pouvez,
Madame, obliger le Roy à entrer

en cette Ligue , vous meriterez d'avoir une ſtatuë à Rome dans le Campidole, & on vous tiendra cent mille écus preſts à Venize pour eſtre mis dans vos mains, ou portez par tout où il vous plaira qu'on les faſſe compter. C'eſt icy la cauſe de Dieu, l'occaſion eſt favorable & la matiere eſt aſſez bien preparée. Vous pouvez immortaliſer voſtre nom , & avec voſtre beauté , voſtre credit & vôtre éloquence , donner une ferme eſperance à la Chreſtienté , d'un bonheur certain en luy aſſûrant le ſecours du plus puiſſant des Monarques qui ſuivent la Loy de JESUS-CHRIST.

Voilà ce qu'entendit le Nain, & ce qu'il m'a confié depuis, ſi j'eſtois en eſtat , illustre Kaimakan de te dire quelque chose de particulier de la Vie d'Osmin, je suis persuadé que tu aurois une croyance entiere au rapport qu'il m'a fait. Crois cependant ce que je t'écris, & ne doute pas un moment de cette verité.

Osmin est né Turc, il m'aime tendrement, & il a une certaine sympatie avec moy qui l'oblige à me chercher souvent, & à me confier toutes les avantures de sa vie, me traitant non seulement en ami, mais vivant avec moy comme si j'estois son frere.

Comme il y a déja quelques jours que je languis dans le lit tourmenté d'un mal qui dés ses commencemens menace

nace d'une suite fascheuse , & qui me cause une tristesse & une langueur mortelle , Tu me pardonneras bien si je ne raisonne pas autant qu'il faudroit sur une avanture si extraordinaire , qui me donne lieu de te donner un avis si important. Si le grand Dieu m'accorde la guerison , je redoublerai mes soins & mon application , pour découvrir les démarches de cette Cour, dans le projet qu'on fait parmi les Chrestiens de troubler l'invincible Sultan au milieu de ses triomphes. Fais en sorte par ta sage prévoyance, & par ta valeur , que les apprests de ces Infideles contre la Monarchie formidable des veritables Fideles & creants

II. Partie.   N n

s'en aille en fumée, & que le
grand Dieu t'accorde une parfaite fanté, que demande en
vain pour luy par fes ferven-
tes prieres le fidele efclave
de fa Hauteffe, & ton fervi-
teur Mahmut.

A Paris le douze de la quatriéme
Lune de 1639.

LETTRE

LXIII.

A

ISOUF.

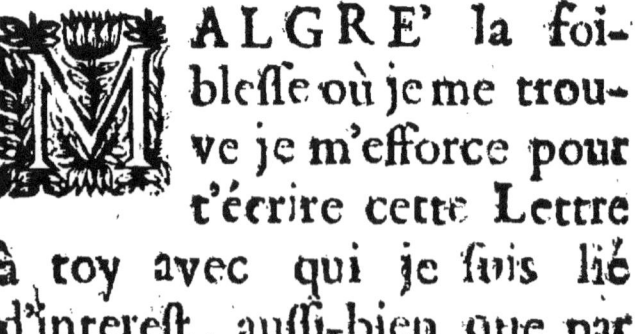MALGRE' la foi-
blesse où je me trou-
ve je m'efforce pour
t'écrire cette Lettre
à toy avec qui je suis lié
d'interest, aussi-bien que par
le sang. Mon mal me presse

N n ij

ſi fort qu'il ne me reſte que
le temps de te dire deux mots
de devotion. Iſouf tu dois
vers la fin de la Lune de May
aller à la Meкque, porte-moy
avec toy quoy-que j'en ſois
fort éloigné. Je te ſupplie
lorſque tu ſeras arrivé avec
la Caravanne des Pellerins à
la Montagne d'Arafat d'y offrir un ſacrifice en mon nom;
immole pour moy un mouton
en commemoration d'Abra-
ham, & ſi tu arrives en ſanté
à la ſainte Moſquée, & avec
toutes tes forces, offre devo-
tement mes prieres à noſtre
grand Prophete. Je ne de-
mande point des honneurs à
Mahomet, non plus que des
richeſſes, je demande ſeulement que le Ciel me rende

ce que j'ay perdu, c'est la santé que je demande pour bien
servir nostre grand & redoutable Empereur, pour vivre
plus saintement que je n'ay
fait. Mais avant ton départ,
fais une bonne aumosne aux
pauvres, & si tu n'as pas d'argent, va trouver de ma part
Dgnet Oglou, emprunte de
luy en mon nom sept cens
cinquante Aspres que tu dis-
tribuëras aussi-tost à ceux
qui en auront plus de besoin,
& cette Lettre te servira pour
avoir plus de credit auprés
de luy.

Tu sçais combien l'aumô-
ne nous est recommandée, elle multiplie les benedictions
du Ciel & augmente nos
biens, je ne puis & je ne dois

pas la faire en pays d'Infideles; tu connois mon impuif-
fance, fecoure-moy promptement dans la neceffité où je
fuis de faire du bien, & que
rien ne te retienne ni aucune
raifon de ménage ni de fuper-
ftition. Si tu negliges ma priere, tu auras la honte de la
faute que tu auras faite, &
tu porteras toy feul toute l'i-
niquité fi tu n'execute pas la
volonté d'un mourant en
ayant le pouvoir. J'oubliois
ce que j'avois de plus important à te dire, & la chofe du
monde qui eft la plus fainte,
pour laquelle on travaille &
on fe fatigue davantage. Fais
en forte d'avoir pour moy un
petit morceau de la tenture
du Temple de la Mexque

qu'on change tous les ans, &
que les Pellerins mettent en
pieces pour en avoir chacun
un petit morceau ; & envoye
le plûtost que tu pourras cette sainte Relique dans une
petite boëte d'argent à Carcoa de Vienne, qui aura soin
de me la faire tenir. Si tu es
un bon Muzulman donne un
prompt secours à un camarade de la mesme loy, & si tu
es bon parant, secours-moy,
aime-moy, & prens ma dé-
fense quand il sera necessaire.
Je t'embrasse de tout mon
cœur, & de toutes mes forces, & quoy-que je me croye
prest à mourir, je te souhait-
te une longue & heureuse vie.
*A Paris le douze de la quatrié-
me Lune de 1684.*

LETTRE

LXIV.

A

L'INVINCIBLE
Vizir Azem.

A Constantinople.

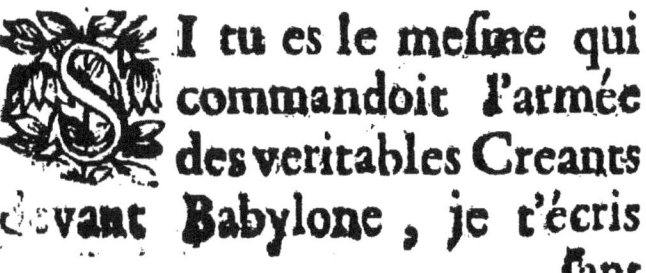

SI tu es le mesme qui commandoit l'armée des veritables Creants devant Babylone, je t'écris

fans

fans me réjoüir que tu fois reffufcité. Le peuple de Paris t'a tué par fes difcours, parce qu'il fouhaittoit que tu mouruffes, & on a publié que tu avois efté étranglé par quatre muets. Mais fi j'écris à un autre qui foit élevé à la premiere dignité de l'Empire; je prie le grand Dieu qui doit juger tous les hommes qu'il te faffe vieillir au fervice d'Amurat toûjours heureux & toûjours fuivi de la victoire, & qu'il te donne plus de fortune qu'à tous les autres Vizirs qui ayent gouverné dans le vafte Empire des Muzulmans.

J'ay efté malade pendant le cours de dix-huit Lunes, & ma fanté n'eft point encore rétablie : j'ay vécu pendant ce temps là, prest à mourir tous les jours, & il m'est arrivé tant de choses bizarres dans ma maladie, que j'y retomberois encore si tu m'obligeois à t'en faire le recit.

La charité des Dervis Chrestiens a esté grande pour moy, & ils n'ont rien oublié de tout ce qu'ils ont pû s'imaginer qui pust servir à m'aider à bien mourir. Les plus sages d'entre eux se sont souvent tenus auprés de moy, me parlant de l'immortalité, de l'Enfer, de leur Purgatoire, du Paradis des Bien-heureux, & du merite de leur Eglise militante. Bien des Medecins me sont venus voir, ils ont employé leur art pour m'empescher de mourir, & ils

croyent que je leur dois la
vie, mais s'il eſt vrai, ils ſe
ſont bien payez de leurs ſoins
par le ſang qu'ils m'ont tiré,
dont ils ont preſque épuiſé
mes veines, pour combattre,
diſoient-ils la diverſité des
maux qui me travailloient, &
pour m'oſter la fiévre Turque
que je nourriſſois, car je l'a-
vois aſſurement apportée de
Conſtantinople.

Le plus grand peché que j'aye
fait pendant le cours d'un mal
de ſi longue durée a eſté de
faire ſemblant de me confeſſer
à un Dervis Capucin, comme
font les bons Chreſtiens dans
les feſtes principales, & lors
qu'ils ſont preſts à mourir. Je
n'ay fait qu'une ſeule fois cette ceremonie, & je ne croy

pas avoir commis de sacrilege, car je n'ay dit aucune verité : & s'il m'est permis, invincible Vizir de te conter tout, écoute quelle plaisante penitence on m'a imposée pour un crime imaginaire dont je me suis accusé. Je m'estois confessé d'avoir empesché, par une Apologie que j'avois composée, un Mahometan d'embrasser la Loy de J E S U S, & le Dervis me dit en colere, vous n'estes donc pas Catholique : je le suis, répondis-je, & je n'ay persuadé cela à ce Barbare que pour avoir éprouvé qu'il n'arrivoit presque jamais qu'un Turc qui changeoit de Loy eust une bonne fin ; & qu'il cessast d'estre Muzulman, pour

eftre que un tres - mau-
vais Chreftien. Voftre raifon
eft auffi fauffe, reprit bruf-
quement le Moine, que la fin
que vous avez euë eft mauvaife, parce que vous n'avez jamais dû empefcher une bonne chofe par la crainte que
vous avez pû avoir que dans
la fuite elle ceffaft de l'eftre ;
& je vous ordonne pour penitence, de rayer avec tant
d'exactitude tous les caracteres de voftre Apologie qu'il
n'en refte aucune marque, &
que le papier foit auffi uni &
auffi net que fi l'on n'avoit
jamais rien écrit deffus, afin
qu'un difcours fi noir & fi de-
teftable foit entierement effa-
cé par la peine que vous pren-
drez à empefcher qu'il n'en

reste aucun vestige , & aprés
cela vous prierez Dieu tout
le temps que vous resterez
sur la terre , qu'il détruise le
Temple de la Mexque si fameux par les impietez qu'on
y fait, & qu'il éclaire des lumieres de sa foy les perfides
Mahometans. Mais je suis
contraint de m'arrester , & je
suis si foible , si étourdi , & si
attenué par un mal aussi long
que le mien, que je n'ay plus
presque la force de t'écrire,
que je me porte mieux.

Le Mars qui a fait trembler
l'Alemagne , je veux dire le
Duc de Wimar , est enfin
mort à trente-six ans la Lune
de Juillet de l'an passé , & il
a esté enseveli dans le mesme
champ où il a cüeilli ses der-

nieres palmes, c'eſt à dire,
à Brizac, & le Cardinal de
Richelieu a enchaſſé par la
mort de ce Prince une belle
perle au diadême de Loüis.
Ce Roy a ajoûté par les victoires de ſes Capitaines une
belle Place & une grande
Province à ſon Royaume, qui
luy ſert d'un fort boulevart
contre les forces de l'Alemagne.

J'informerai ſuccinctement
le Kaimakan de tout ce qui
eſt arrivé pendant ma maladie, pour ne te pas donner la
peine de lire le recit de pluſieurs avantures qui ont déja
eſté publiées dans le monde,
pendant que tu es occupé aux
plus grandes affaires de l'Empire. Si je reviens dans ma

premiere santé, je reprendrai
encore avec plus de soin &
de vigueur s'il se peut, les
fonctions de mon ministere,
& d'oresnavant je t'avertirai
avec ponctualité des cabales,
des intrigues, & des desseins
des Nazaréens, afin que tu
puisses aller au devant de tout
ce qui en pourroit arriver de
contraire aux interests de la
Porte.

Je supplie l'Estre des Estres
qu'il accompagne ta vie de
tout le bonheur que tu peux
desirer sur la terre, & que tu
n'entreprennes jamais rien
pour le bien & la gloire de
l'Empire & de sa Religion,
sans y reüssir.

A Paris le quinze de la dixié-
me Lune de 1640.

LETTRE

LXV.

AU

CAIMAKAM.

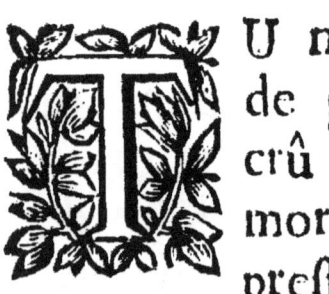U ne t'es trompé de guere si tu as crû que j'eſtois mort, j'ay eſté ſi preſt d'entrer au tombeau que j'ay pu rece-voir quatre de tes Lettres ſans avoir la force de les lire,

bien loing d'avoir celle d'y faire réponfe. J'ay efté malade un an entier, & fix Lunes, hors du commerce des vivans, & fans recevoir aucune confolation de qui que ce foit, abandonné à la Medecine, & devenu la proye des Medecins, & enfin hors d'efpoir d'en jamais revenir, mais le jour où je devois eftre jugé par celuy qui juge tous les hommes n'eftoit pas encore arrivé. Je fuis enfin encore vivant, & j'aurai bientoft ma premiere fanté, fi pour me donner un nouvel accablement tu ne me fais point un crime de ma longue maladie, & que tu ne me foupçonnes point d'infidellité.

Je me fuis fait inftruire en
peu de jours de beaucoup d'é-
venemens arrivez pendant le
cours de plufieurs Lunes, que je
te ranconterai fi je puis dans cet
te Lettre, pour recompenfer
tant de temps que j'ay perdu.
Mais ce fera en fi peu de paroles que tu pourras me croire encore malade , mais tu
n'y dois pas trouver à redire
toy qui aimes tant la brieveté ,
& fans doute tu ne me feras
point de reproches, pour t'é-
crire laconiquement.

La France pendant tout le
temps que je ne t'ay point
écrit , a donné des marques de
fa puiffance , & du grand genie
qui la gouverne. Elle avoit
mis le fiege devant quatre places dans l'année 1639. dont

le fuccez n'a pas efté égal.
Elle a eû du defavantage devant Thionville par la valeur
& le fçavoir faire de Picolo-
mini l'un des Generaux de
l'Empereur , qui eft né en
Italie , & qui a toûjours efté
nourri dans les armées ; on dit
qu'il a attaqué , & vaincu les
ennemis de fon Maiftre , avec
tant, de promptitude qu'on
peut comparer fon action à celle de Claude Neron quand il
défit Afdrubal qui eftoit entré
en Italie. Il a rompu l'armée
ennemie , défait la Cavalerie,
pris le Canon, tüé le General
des François, & fait incontinét
lever le fiege , mais en revan-
che les mefmes François qui
ont efté battus devant Thionville fe font rendus Maîtres de

Hédin, de Salins, & de Salſe, cette derniere place a eſté priſe par le jeune Prince de Condé qui donne des marques d'une valeur extraordinaire, & d'une habileté merveilleuſe dans une grande jeuneſſe, mais les Eſpagnols ont repris ces places qui leur ont coûté fort cher. On dit que le Gouverneur que le Prince de Condé y avoit laiſſé, preſſé de ſe rendre par les Eſpagnols, leur avoit jetté un pain blanc tout chaud, diſant que ceux qui mangeoient de ce pain, ne ſe rendroient point devant que les ennemis fuſſent arrivez au temps où ils puſſent manger de la glace.

Cependant la place ſe rendit dés devant que le Printemps fuſt revenu changer la face de la terre, bien loing d'attendre qu'elle fuſt couverte de neige ou de glace.

Ce Roy a incontinent appaiſé les ſoûlevemens qui s'étoient faits dans la Normandie, Province tres-conſiderable qui eſt ſujette de ſa Couronne. Mais que diras-tu de Caſimir frere du Roy de Pologne, qui eſtant revenu une ſeconde fois en France ſeul & déguiſé, a eſté reconnu & mené priſonnier dans le Château du bois de Vincennes prés de Paris, où il eſt gardé avec beaucoup de precaution.

La Guerre a eſté cruelle en Italie, entre les trois partis ennemis, les uns & les autres fort animez. Le Prince Thomas de la Maifon de Savoye avoit chaffé par furprife les François de la Ville de Thurin , mais tu apprendras bien-toft que nos ennemis Capitaux les Efpagnols auront efté battus , & entierement défaits fous Cazal par le Comte d'Harcourt, Prince de la Maifon de Lorraine , fi l'on a la confirmation de la nouvelle qui en eft venuë depuis peu de jours , & dont l'eftat où je me trouve m'a empêché de m'affurer.

Les Efpagnols, & les Hollandois ont fait un grand bruit fur l'Ocean avec leurs flotes, les premiers eftoient venus avec quatre-vingt Vaiffeaux de

Guerre pour débarquer quinze mille hommes en Flandre, mais ayant esté rencontrez par Tromp - Amiral d'Hollande Capitaine d'une grande experience, & d'une valeur estonnante, leurs affaires n'ont pas eû un bon succez. Le combat a esté long, sanglant, & terrible, le General Espagnol a combattu avec beaucoup de courage, mais il a esté défait.

Les Hollandois ont pris treize Navires & les grands vents en ont fait échoüer, vingt sur des bancs de sable, aux Costes d'Angleterre, & huit autres qui ont eû moins de malheur se sont sauvez à Dumkerque.

La Victoire des Hollandois

dois eft complete , & ils y
ont eû un grand bon-heur,
n'ayant perdu qu'un feul Na-
vire , contre un ennemy fi
puiffant, & dont ont ils ont
efté autrefois fujets.

Permets que je me repofe ,
illuftre & benin Kaimakam,
n'ayant plus affez de force
pour continuer à écrire, quand
mefme ce feroit les Victoires
d'Amurat que j'aurois à raconter.

Je te feray fçavoir par le premier ordinaire le refte des
chofes qui pourront eftre venuës à ma connoiffance ;
Que cependant le grand
Createur de touts les eftres
te guide dans tout ce que
tu feras , & accompagne tes

II. Partie.   Pp

deſſeins , & tes actions d'un
bon-heur continuel.

A Paris le quinzieme de la
dixiéme Lune de 1640.

LETTRE

LXVI.

A

DGNET OGLOV.

 E fuis comme re-
fufcité à la lecture
de ta Lettre , &
aprés l'avoir leuë
j'ay eû tant de
plaifir que je ne croy pas devoir eftre jamais malade. Il

n'y a pas une ligne ny une
fillabe où je ne voye des marques de ton bon cœur , & de
la tendre & cordiale amitié
que tu as pour moy; Veille le
jufte ciel , conferver éternellement une amitié fi precieufe
que nous avons l'un pour l'autre.

Tu m'aprens par ta Let-
tre le départ d'Ifouf pour aller à la Mecque , je te rends
mille graces de l'argent que
tu luy as donné pour offrir
un facrifice en mon nom fur
la facrée montagne , & pour
faire en bas , les aumofnes
que je luy ay recommandées.
J'admire ta bonté & le foing
charitable que tu as eû du
falut de ton ami Mahmut ,
d'envoyer un de nos devots

à Medine qui faffe le peleri-
nage, & les prieres pour moy;
enfin je voy que ton amitié
te fait prevoir, & remedier
à tous mes befoins, il n'y a
point d'endroit ny de temps
où je ne reçoive quelque fecours de toy, & il femble
mefme que tu fois bien aife
de me fçavoir quelque be-
foin, pour avoir le plaifir
d'y pourvoir.

Puifque je te fuis fi cher,
& que je t'aime auffi fort que
je fais; continuons à nous aimer d'une maniere que ja-
mais rien ne puiffe troubler
noftre union, bien loing de
pouvoir venir à nous haïr;
Que l'éloignement, que la
pauvreté, que la difgrace du
Prince, que la prifon ne puif-

fent jamais rompre des liens
fi forts, & qu'ils foient même à l'épreuve de la bonne
fortune.

J'ay pour ainfi dire dérobé
le temps que j'ay employé à
t'écrire ; car je n'ay plus rien
qui foit veritablement à moy,
& je te fais un prefent d'une
chofe que je devois au Kai-
maкam, pour qui je devois
employer plus de temps à écrire. Mais laiffons-là les affaires ennuyeufes, & entrete-
nons-nous enfemble avec une
entiere confiance & familiarité. Tu as une belle ame,
occupe-la à l'eftude de l'Hiftoire quand tu feras fuffifam-
ment inftruit des matieres de
la Religion. Si tu veux faire
le Prince, au milieu des au-

tres hommes , fepare toy de
la foule par l'eftude des bons
Livres , lis beaucoup , & cependant ne lis gueres , lis
toûjours les bons Livres , il
y en a peu , & de cette façon , tu ne laifferas pas de lire
beaucoup ; fi tu peus fçavoir
tout ce qui peut eftre connu
des hommes , tu feras comme
un Dieu parmi eux , au lieu
que tu ferois au nombre des
beftes , fi tu manques d'acquerir les connoiffances que tu
dois avoir. Je fouhaitterois
que tu renonçaffes , quelque-
fois à l'oifiveté pour l'amour
de ton ami , & que tu vou-
luffes penetrer ce qui fe paffe
dans le plus intime du Serail , dans le Divan , & dans
le confeil & plus fecret du

Prince pour fçavoir ce qu'on
y dit contre moy, & ce qu'on
y penfe de favorable. Un bon
confeil donné bien à propos
empefche beaucoup de mal,
& fait un grand bien. L'a-
mitié te le fera faire fans que
tu t'appercoives de l'avoir fait,
elle rend aifées les chofes les
plus difficiles, & fait trouver
de la douceur dans celles qui
font les plus ameres d'elles-
mefmes, elle donne tout,
pour eftre la Maiftreffe de
tout, & elle croit tout poffe-
der quand elle a tout
donné, elle ne fe met point
en peine de ce qui eft impoffible, & elle ne connoift point
de difficultez. Qui n'eft pas
preft (dit un faint des Chré-
tiens) à fouffrir tout, à fe dé-
potiiller

poüiller de tout , & à se soû-
mettre à la volonté de celuy
qu'il aime , il ne merite pas
qu'on luy donne le titre precieux de veritable ami.

Ignorons toûjours entre
nous les mots de tien, & de
mien ; Ton bon-heur fera
toûjours ma bonne fortune,
de mesme que tes disgraces
feroient les miennes si tu en
avois ; si nous establissons de
la sorte nostre amitié , pourquoy ne pourrons-nous pas ,
quoique Turcs modernes nous
comparer à ces Anciens Grecs
qui ont donné au monde des
marques si éclatantes de leur
amitié ? Pourquoy ne pourrons-nous pas estre les Com-
pagnons de Pelopidas &
d'Épaminondas qui en con-

II. Partie.   Qq

tracterent enfemble une fi forte , que rien ne la pût jamais faire changer ? Quoy
que nous ne foyons pas nés
le mefme jour , dans le même climat & dans la mefme
Ville que Poliftrate & Hi-
poclide qui nacquirent dans
la mefme maifon , à la même heure , qui vécurent toûjours enfemble , qui tombe-
rent malades en mefme temps,
& qui s'aimerent de mefme ,
aimons nous encore plus
qu'ils ne s'aimoient , aimons
nous encore plus que Thefée &
Piritohus , plus que Damon
& Pithias qui firent, les premiers dans les armes , & les
autres dans l'eftude , cette
eftroite amitié, qui les a rendus fi recommandables à la

posterité : Si tu as quelque
secret pour me rendre l'ape-
tit que j'ay perdu, envoye le
moy, je suis icy le spectateur
d'un million de bouches qui
mangent quatre fois le jour
qui consomment quinze cent
bœufs toutes les semaines,
& quinze mille autres pieces
d'animaux outre les moutons,
les veaux, & les cochons, sans
compter le gibier, & une infinité de fruits que produit la
terre, ou que la Mer apporte,
aussi bien que le poisson qu'elle fournit abondamment.

Je suis forcé à mou-
rir de faim avec le morceau
à la main ; & dans une Ville
où il y a abondance de toutes
choses je manque de tout ;
le pain qui est toûjours frais,

toûjours blanc , & de bon
gouſt , n'en n'a plus pour
moy , quand j'en voy en
marchant dans la Ville , je
voudrois le pouvoir changer
en pierre , afin de pouvoir
rendre des gens auſſi mal-
heureux que je ſuis , le vin ſeul
parce qu'il m'eſt défendu par
la Loy d'en boire , me réjouit
à le voir, & me fait venir la
ſoif. Je cherche les alimens
les plus mauvais ; parce que
les meilleurs me font ſoûle-
ver le cœur. Et les Cuiſiniers
François plus frians que le Romain Apicius , ne peuvent
rien faire qui me ragouſte :
écris moy ſouvent , que les
Lettres ſoient familieres, qu'elles ſoient remplies d'érudition,
n'y eſpargne pas le ſel pour

réveiller ma melancolie , & fais que je n'y fouhaitte pas le miel neceffaire pour adoucir mon ennui ; que le Dieu de Mahmut te faffe vivre toûjours dans une parfaite fanté , & faffe que tu ne ceffes jamais d'aimer Mahmut qui a pour toy une amitié à l'efpreuve de tout.

A Paris le 15. de la 10. Lune de 1640.

Qq iij

troubler fon repos pour fervir une puiffance contre laquelle on l'a veuë prefque
toûjours en guerre.

Si les Genois avoient fujet
de fe plaindre d'Amurat ,
ils ne manqueroient ny de
foldats ny d'armes , ny de
Vaiffeaux , ny d'argent même pour armer , ou pour luy
fufciter des ennemis. Mais à
prefent que leurs affaires font
dans un plain calme , & dedans & dehors, ils font , avec
plus de prudence que les Venitiens , la guerre aux Indes
des Efpagnols avec leurs Regiftres , & leur Arihtmetique,
& ils ont toûjours l'avantage
dans cette forte de combat,
où il n'y a point d'exemple
qu'ils perdent jamais. Laiffe

cette Nation en paix, écris
plûtoft à la Porte que les Genois condamnez par la nature, à habiter dans des rochers
& des montagnes defertes,
ont trouvé le moyen de s'en
faire un fejour le plus deli-
licieux qui foit dans l'Europe.

Mande au grand Vizir que
tant de Philofophes extravagants, qui cherchent continuellement ce qu'ils ne trouveront jamais, ont enfin fait
découvrir qu'on ne rencontre en aucun autre endroit
que dans les fourneaux des
Genois le Saturne qui fe
convertit en Soleil, & que ce
n'eft que dans leurs maifons
que le Dieu Mercure a perdu
les aifles, & l'ufage de voler,

& qu'enfin ces gens-là font
devenus les plus parfaits
Chimiftes de la terre , qu'ils
ont converti en or prefque
toutes les pierres de leur païs,
qu'ils ont changé l'horreur de
leurs deferts en des jardins
les plus agreables qu'on puiffe imaginer , que les Caba-
nes des Anciens Liguriens ,
fe font converties en Palais
tous enrichis de marbre & de
porfire , avec une fi grande
magnificence , & tant de
propreté que rien n'eft comparable à leurs maifons.
Adjoûte-luy que l'heritage
des Genois les plus pauvres
furpaffe aujourd'huy de beaucoup ceux de leurs Ayeuls.
Aprens lui qu'ils ont comman-
cé à donner des fecours con-

fiderables à de grands & puif-
fants Rois par des fommes
immenfes, & qu'enfin dans
le Regiftres des Negociants
particuliers on y voit écrits
les noms des plus grands Monarques de la terre, de qui ils
font devenus les creanciers.

Aye à l'avenir plus de precaution à écrire, & quand tu
donneras des avis, mande ce
que tu fçauras affeurement
fans exagerer, & fois fort refervé quand tu écriras quelque chofe de douteux. Ne
mets jamais rien de faux dans
tes dépefches. Ne te fais jamais l'autheur des nouvelles
que le peuple répand, ou qui
ne font que des contes faits
par de certaines gens oififs qui
raifonnent à leur mode des

affaires du monde. Dieu te donne un fain jugement, & te guerisse si tu as quelque·mal ou quelque affliction.

A Paris le dixiéme de l'aon-ziéme Lune de 1640.

LETTRE

LXVIII.

AU

KAIMAKAM.

LEs Chreftiens font devenus Magiciens, ou pour mieux dire les Efpagnols qui font la guerre en Piémont, ont rempli le monde d'étonnement, par un extraordinaire & nouvel

enchantement. Je t'ay écrit
qu'il y avoit deux grandes armées devant Thurin, l'une pour
le prendre, & l'autre pour le
secourir, mais je ne t'ay pas
encore fait sçavoir que les
Canons des Espagnols sont
devenus des Courriers qui
portent leurs dépesches par
l'air, dans la Ville assiegée,
& de plus, de munitions, de
la poudre, du salpestre, &
de l'argent, merveilleuse invention qui me remplit d'admiration en l'écrivant ! Il s'est
rencontré dans le Camp du
General Leganez un homme
qui a trouvé le moyen de faire
des boulets de bronze avec un
tel artifice, que les ayant jet-
tez dans le fossé de la place,
ils ont secouru longtemps les

affiegez. On dit qu'eftant faits
à vice & eftant creufez en
dedans ils ont fervi facile-
ment à deux ufages, dont l'un
eftoit de porter dans Thurin
ce qui y manquoit, & de re-
porter dans le Camp des Efpagnols les chofes dont ils
pouvoient avoir plus de befoin. Mais cette induftrie a
efté à la fin inutile & apres
plufieurs Combats, Thurin
eft revenu dans les mains
du Roy Loüis, qui y a reftabli la Ducheffe de Savoye
avec beaucoup de fatisfaction
de fes peuples, qui en ont
fait paroiftre une joye toute
extraordinaire. On doit ce
reftabliffement, à la valeur
& à la conduite du Comte
d'Harcourt qui a foûtenu,

& repouſſé les aſſauts de deux
armées plus fortes en nombre que la ſienne. Ce Capitaine a rendu ſon nom auſſi
fameux en Italie , que l'étoient autrefois ceux des Heros de Rome & d'Athene.
Le Marquis de Leganez avoit
entrepris le Siege de Caſal,
place importante qui eſt au
Duc de Mantoüe, ſcituée ſur
le bord de la Riviere d'Italie
la plus conſiderable qu'on
appelle le Po. Le Comte
d'Harcourt n'ayant pû avec
toute ſon armée jetter du ſecours dans la place , il prit
le parti de forcer pour ainſi
dire luy-meſme les aſſiegez ,
il entra à cheval l'épée à la
main dans les lignes , où il fut
ſuivi des ſiens, les Eſpagnols
ſurpris

surpris & eftonnez furent renverfez & ne trouvant de falut que dans la retraitte, ils la firent en defordre, & les François fous un tel Capitaine remporterent ce jourlà, la plus grande Victoire, & la plus glorieufe, qu'ils ayent jamais remportée en Italie.

Si tu me demandes compte de ce qui fe paffe en Alemagne, je te diray que la guerre, s'y eft faite cette année avec des fuccez & des pertes prefque égales de tous les partis, à qui la fortune a efté quelquesfois favorable & quelquefois contraire.

Mais j'apprens qu'on avoit deffein de faire une grande affemblée à Cologne pour

reſtablir la paix entre tous
les Princes Chreſtiens, & que
le Roy y avoit nommé pour
ſon Plenipotentiaire le Cardinal Jule Mazarin, Italien
de Nation, homme d'un vaſte
genie, fort ſage, & tres ha-
habille dans les negocia-
tions.

Le Prince Caſimir a eſté
remis en liberté à la priere
du Roy de Pologne ſon frere, & a eſté depuis fort bien
receu du Roy qui l'a fait
manger une fois avec luy, &
luy a fait preſent d'un tres-
beau diamant.

La Ville d'Arras que les
François ont priſe dans la
Flandre Eſpagnole, eſt d'une
grande importance & c'eſt
une perte conſiderable pour le

Roy Catholique, qui donnera beaucoup de reputation à
ses ennemis qui ont pris la
Place à la veuë d'une forte
armée , que commandoit le
Cardinal Infant, Gouverneur
des Païs-Bas , & cette Con-
queste a couvert de Lauriers
les François, & augmenté la
gloire de leur Prince.

La Reyne a donné un se-
cond fils au Roy de France,
il naquit le vingt-uniéme du
mois de Septembre , & on
l'a nommé le Duc d'An-
jou.

Les Espagnols ne font gueres moins malheureux sur
Mer , qu'ils le font sur la
terre. Leur flote qui retour-
noit des Indes Occidentales,
chargée d'une infinité de

biens de toutes sortes, a esté presque toute dispersée par l'Armée navale des François, commandée par le Duc de Brezé. Les Espagnols ont à la verité combattu avec beaucoup de valeur, mais on leur à tüé quinze cent hommes, & on en a fait deux cent de prisonniers, avec cinq gros Vaisseaux chargez richement, on leur a brûlé un gros Galion, & on dit que les autres Navires s'estoient sauvez après avoir jetté en mer la plus grande partie de leur charge, qu'il avoient apportée de l'autre monde avec tant de peine & de soin.

Ce qui s'est passé sur l'Occean n'a pas empesché l'Archevesque de Bourdeaux de faire

voir la puiſſance du Roy ſon
Maiſtre ſur la Mediterranée,
où il a cherché l'occaſion de
combattre les Eſpagnols avec
une armée plus legere, compoſée pour la pluſpart de
Galeres. Il avoit envoyé dé-
fier le Duc de Ferrandine
General des Galeres d'Eſ-
pagne, qui n'ayant point
voulu combattre comme le
ſouhaittoit ſon ennemi, ce
Prelat s'avança du côté du
Royaume de Naples, où il
fit quelque dommage.

On pourroit dire que les
malheurs de Philippe Roy
d'Eſpagne ſont auſſi grands,
cette année, que ſa puiſſance
qui eſt à la verité tres-grande. Mais on dit que ces pertes ne ſont d'aucune con-

fideration au prix de celles qu'il eſt menacé de faire, ſi le Portugal & la Catalogne, ont ſecoüé le joug de ſa domination, comme on en fait courir le bruit.

J'ay déja fort oüi parler en general ſur des affaires ſi conſiderables, ſans eſtre pourtant encore informé d'aucune particularité bien aſſeurée. Mais deſormais que je feray en eſtat de ſortir de la chambre, d'aller dans les Egliſes, dans les Places, dans les Jardins, de marcher par Paris, & enfin d'aller à la Cour, je n'oubliray rien pour bien remarquer tout ce qui ſe fera, & pour penetrer s'il ſe peut dans ce qu'il y aura de plus ſecret, & je

t'écriray fidelement tout ce
que j'auray pû apprendre,
& si tu me demandes quel-
que chose par les Lettres
que tu m'écriras, ton esclave
Mahmut te répondra avec tou
te la ponctualité & toute l'humilité possible.

Je tremble presentement à
te dire qu'on fait courir icy
le bruit de la mort de l'invincible, du soustien du monde, du plus puissant parmi
les plus puissans, & enfin du
glorieux Amurat. Ce sont
peut-estre de fausses nouvelles, mais on les debite. Que
le Maistre du Ciel, & de la
terre, fasse perir tous nos
ennemis, & qu'il donne au
Grand-Seigneur, & à toy une
vie qui ne finisse point, & qui

soit accompagnée d'un bon-
heur que rien ne puisse jamais
troubler.

A Paris le septiéme de la derniere
Lune de 1640.

Fin du second Tome.